吕贵品诗选

常春藤诗丛

吉林大学卷

李占刚 包临轩 主编

吕贵品 著

陕西新华出版传媒集团

太白文艺出版社

图书在版编目（CIP）数据

吕贵品诗选 / 吕贵品著 . -- 西安：太白文艺出版社，2019.1

（常春藤诗丛 . 吉林大学卷）

ISBN 978-7-5513-1588-3

Ⅰ . ①吕… Ⅱ . ①吕… Ⅲ . ①诗集－中国－当代 Ⅳ . ① I227

中国版本图书馆 CIP 数据核字（2018）第 294779 号

吕 贵 品 诗 选

LV GUIPIN SHIXUAN

作　者　　吕贵品

责任编辑　　申亚妮　蒋成龙

封面设计　　不绿不蓝　杨西霞

版式设计　　刘戈

出版发行　　陕西新华出版传媒集团

　　　　　　太 白 文 艺 出 版 社

经　销　　新华书店

印　刷　　北京彩虹伟业印刷有限公司

开　本　　787 毫米 ×1092 毫米　1/32

字　数　　119 千

印　张　　7.75

版　次　　2019 年 1 月第 1 版

书　号　　978-7-5513-1588-3

定　价　　45.00 元

如有印装质量问题，可寄出版社印制部调换

联系电话：029-81206800

出版社地址：西安市曲江新区登高路 1388 号（邮编：710061）

营销中心电话：029-87277748　029-87217872

一座城的诗意纯度
——《常春藤诗丛·吉林大学卷》序言

　　城市是一部文化典藏大书，其表层和内里都储藏着大量文化密码，需要有文化底蕴、有眼光的人发现和解析，将来还可以引入大数据手段来逐一破解。譬如长春就是这样一座城。吉林大学等学校的大学生诗歌创作群体及其毕业后的持续活力所形成的高纯度的诗意氛围，使得长春在中国文化地理版图上扮演着不可或缺的角色，称其为中国当代诗歌重镇，毫不为过。呈现在眼前的这部诗丛，就是一份出色的证明。

　　20 世纪 80 年代以降，以吉林大学学生为突出代表涌现出了一批长春高校诗歌创作群体。他们的深刻影响力、持久的创作生涯，为长春注入了经久不衰的艺术基因和特殊的文化气质。只要稍稍留意，就会强烈地感受到这一点。

　　诗歌不是别的，而是形而上之思的载体。这是吉大诗歌创作群体的一个共识和第一偏好。对诗歌精神的形而上把握近乎本能，将其始终置于生命与世俗之上，成为信仰的艺术表达，或其本身就是信仰，在这一点上从未动摇和妥协，从未降格以求。这，让我想到了一个词：纯粹。

是的，正是这种高度精神化的纯粹，对艺术信仰的执念，对终极价值不变的执着，成为吉大诗人的普遍底色。几十年来诗坛流变，林林总总的主张和派别逐浪而行，泥沙俱下。大潮退去，主张大于作品，理论高于实践的调门仍在，剩下的诗歌精品又有几多？但是吉大诗人似乎一直有着磐石般的定力，灵魂立于云端之上，精神皈依于最高处，而写作活动本身，却低调而日常化。特立独行的诗歌路上，他们始终有一种忘我的天真和浑然，身前寂寞身后事，皆置之度外。"我把折断的翅膀／像旧手绢一样赠给你／愿意怎么飞就怎么飞吧。"（徐敬亚《我告诉儿子》）这是一种怎样不懈的坚持啊！但是对于诗人来说，这却是再自然不过的事情。当苏历铭说："不认识的人就像落叶／纷飞于你的左右／却不会进入你的心底／记忆的抽屉里／装满美好的名字。"（苏历铭《在希尔顿酒店大堂里喝茶》）这并不只是怀旧，更是对初心的一种坚守和回望。我同意这样的说法，艺术家的虔诚，甚至不是他自己刻意的选项，而是命运使他不得不如此。虔诚，是对于信仰与初心的执念，是上苍的旨意和缪斯女神在茫茫人海中对诗人的个别化选择，无论这是一种幸运，还是一种不幸。不虚假、不做作，无功利之心，任凭天性中对艺术至真至纯的渴念的驱策，不顾一切地扑向理想主义的巅峰。诗歌，是他们实现自我超拔和向上腾跃的一块跳板。吉大诗人们，就是这样的一个群体。

诗歌在时代扮演的角色，经历着起起落落。当它被时代挤压到边缘时，创作环境日趋逼仄，非有对艺术本体的信仰和大爱，是不可能始终如一地一路前行的。吉大诗人从不气馁，而是更深沉、更坚忍，诗歌之火，依然燃烧如初。当移动互联网带动了诗歌的大范围传播，读诗、听诗和诗歌朗诵会变得越来越成为时尚风潮的时候，吉大诗人也未显出浮躁，而是不以物喜，不以己悲，保持着不变的步伐，从容淡定，一如既往。这从他们从未间断的绵长创作历程中可以看得出来，并且是写得越来越与时俱进，思考和技艺的呈现越来越纯熟，作品的况味也越来越复杂和丰厚。王小妮、吕贵品和邹进等人笔耕不辍四十年，靠的不是什么外在的、功利化的激情，而是艺术圣徒的禀赋，这里且不论他们写作个性风格的差异。徐敬亚轻易不出手，但是只要他笔走龙蛇，无论是他慧眼独具的诗论，还是他冷静理性与热血澎湃兼备的诗作都会在诗坛掀起旋风。苏历铭作为年龄稍小些的师弟，以自己奔走于世界的风行身影，撒下一路的诗歌种子。其所经之处，无不迸射出诗歌光辉，并以独一无二的商旅诗歌写作，在传统诗人以文化生活为主体的诗歌表现领域之外，开拓出新的表现领域，成为另一道颇具前沿元素的崭新艺术景观。他从未想过放弃诗歌，相反，诗歌是他真切的慰藉和内心不熄的火焰。他以诗体日记的特殊方式，近乎连续地状写了他所经历的世事风雨和在内心留下的重重波澜。所以，在不曾止息的创作背后，在不断贡献出来的与时俱进的诗境和艺术场域的背后，是吉大诗人一以贯之的虔诚。这种内驱力、内在的自我鞭策，从未衰减分毫！

　　吉大诗人的写作在总体上何以能如此一致地把诗歌理解为此生安身立命的精神家园，而不含杂质？恐怕只能来自他们相互影响自然形成的诗歌准则，在小我、大我和真我之间找到了贯通的路径，可以自由穿行其间。

例如吕贵品眼下躺在病床上，仍然以诗为唯一生命伴侣，每日秉笔直抒胸臆。在他心中，诗在生命之上，或与生命相始终。在诗歌理念上，他们是"六经注我"，而非"我注六经"。主观意象的营造，化为客观对象物的指涉；主观体验化为可触摸的经验；经验化为细节、意象和场景，服从于诗人的内心主旨。沉下身子的姿态，最终是为了意念和行为的高蹈，就像东篱下采菊，最终是为了见到南山，一座精神上的"南山"。

但是在写作策略上，吉大诗人则又显出了鲜明的个性差异，这可称之为复调式写作、多声部写作。在他们各自的写作中，彼此独立不羁，他们各自的声音、语调、用词、意境并不相同，却具有几乎同样不可或缺的个性化地位，这是一个碎片式的聚合体。不谋而合的是，他们似乎都不喜欢为艺术而艺术，而艺术之背后的玄思，对精神家园的寻找和构建，对诗歌象征性、隐喻性的重视，似乎是他们共通的用力点和着迷之处。他们从不"闲适"和"把玩"，从不装神弄鬼，也不孤芳自赏地宣称"知识分子写作"；他们对"以译代作"的所谓"大师状"诗风从来避之唯恐不及。但是他们的写作却天然地具备知识分子化写作的基本特征，那就是独立自为地去揭示生活与时代的奥秘与真相，发掘其中隐含着的真理和善。这一切，取决于他们身后学理的、知识结构的深层背景，取决于个体的学识素养和独到见地。他们的写作饱含着悲天悯人的基本要素，思绪之舟渡往天与人、人与大地和彼岸，一种无形的舍我其谁的大担当，多在无意间，所以想不到以此自许和标榜。例如所谓"口语化"写作，是他们写作之初就在做的自然而然的事情，在他们那里，这从来就不是一个"学术"问题。

"口语化"运动本质上是个伪命题，诗怎么会到语言为止？毋宁说，诗歌是从语言层面、语言结构出发，它借助语言和言语，走向无限远。口语，不过是表达和叙述的策略之一，一个小小的、便利读者的入口而已，对于跨入诗歌门槛的人来说并不玄妙。当诗坛的常青树王小妮说："这么远的路程／足够穿越五个小国／惊醒五座花园里发呆的总督／但是中国的火车／像个闷着头钻进玉米地的农民……火车顶着金黄的铜铁／停一站叹一声。"（王小妮《从北京一直沉默到广州》）这是口语化的陈述，写作态度一点都不玄虚，压根就无任何"姿态"可言，它们是平实的，甚至是谦逊的。这既非"平民化"，也非"学院派"，但是我们明白，这是真正的知识分子式写作，这是在"六经注我"。这陈述的背后，有着作者的深切忧思、莫名的愁绪和焦虑，有促人深思或冥想的信息容量。吕贵品、苏历铭的诗歌一般说来也是口语化的，但是他们也从来不是为口语而口语。徐敬亚、邹进、伐柯们的诗歌写作，似乎也未区分过什么"口语"与"书面语"。当满怀沧桑感的邹进说："远处，只剩下了房子／沙鸥被距离淡出了／现在，我只记得／有一棵蓝色的树。"（邹进《一棵蓝色的树》）当伐柯说："一株米兰花在雪地主持的葬礼／收藏你所有站立不动的姿势。"（伐柯《圣诞之手》）这是诗的语言，诗的特有方式，他说出你能懂得的语言，这似乎就够了。说到底，口语与非口语的落脚点在于"揭示"，在于"意味"。"揭示"和"意味"才是更重要的东西。而无论作者采取了什么形式，这形式的繁或简，华丽或朴素，皆可顺其自然。所以，对于吉大诗人诗歌写作，这是叙述策略层面的事情，属于技巧，最终，都不过是诗人理念的艺术呈现罢了。倒是语言所承载的理念本身，其深邃性和意味的繁复，需要我们格外深长思之。

当诗人选择了以诗歌的方式言说，那他就只能把自己的全部人生积累，包括他的感悟、经历、知识、生活经验和主张无保留地投入诗歌之中。吉大诗人对诗歌本体的体认上，在诗歌创作的"元理念"上，有着惊人的内在默契，这可能和一个学校的校风有着内在的、密切的关联。长春这座北方城市与北京、上海、成都、重庆、武汉都不一样。坐落于此的吉大及其衍生出来的诗歌文化，没有海派那种市井文化加上开放前沿的混杂气息，也没有南方诸城市的热烈繁茂的词语，所以在诗歌风格上从不拖泥带水，也无繁复庞杂的陈述，而是简明硬朗，显出北方阔野的坦荡。同时，与北京城的皇城根文化的端正矜持相比较，聚集在长春的诗人也没有传统文化上的沉重负担，更显轻松与明快。用一位出生于长春的诗评家的话说，流经白山黑水之间的松花江，这一条时而低吟时而奔涌、气势如虹的河流，塑造了吉大诗人的文化性格，开阔、明快而又多姿多彩。所以就个体而言，他们虽然从共同的、笔直的解放大路和枝繁叶茂的斯大林大街走出来，但一路上，他们都在做个性鲜明的自己，一如他们毕业后各自的生活道路的不同。而差不多与此同时，与吉大比邻而居的东北师大，也沿着我们记忆中共同的大街和曾经的转盘路，徐徐靠拢过来。这里有三位——以《特种兵》一诗成名的郭力家，近些年来在语言试验上反复折腾，思维和语句颇多吊诡，似乎下了不少功夫；李占刚的单纯之心依旧，这位不老的少年，却总有沧桑的句子，令我们惊诧不已："你放下的笔，静静地躺在记忆里／阳光斜射在记忆的一角／那个下午，室内无边无际。"（李占刚《那个下午——致托马斯·特朗斯特罗姆》）任白则是一位思考深邃、意象跳跃的歌者，他的那首《诗人之死》令人印象深刻，洞悉了我们隐秘而痛楚的心："我一直想报答那些善待过我的人们／他们远远地待在铁幕般的夜里／哀怨的眼神击穿我的宁静。"

所以，从长春高校走出来的诗人，有一种与读者相通的精神和平等交流的诚挚，他们以看似轻松、便捷的方式走近读者走进社会。其实，每一段谦逊的诗歌陈述的内里都深藏着骄傲而超拔的灵魂。其本意，或许是一种力求不动声色的引领，是将艺术的奥秘和主旨，以对读者极为尊重的平等方式，给出最好的传达之效和表达之美。在艺术传达的通透、顺畅与艺术内涵的高远、醇厚和深远之间寻找平衡。正是这样一种不断打破和重新建立的尝试、试验的动态过程，正是这种不仅提供思想，还同步提供思想最好的形式的过程，推动了他们诗歌创作的前行和嬗变。

　　这，应该是长春城市文化典藏中潜藏着的密码的一部分。诗歌的纯度，带给这座城市强大的精神气场。作为中国当代先锋诗歌重镇之一，长春高校与上海、北京、武汉、四川等高校的诗歌创作形成了共振，成为中国朦胧诗后期和后朦胧诗时代的重要建构力量，构成了中国当代诗歌一段无法抹杀的鲜亮而深刻的记忆。就诗人本身而言，大学校园及其所在的城市是他们各自的诗歌最初的出发地。现在，他们都已走出了很远，身影已融入当代诗歌的整体阵容当中。其中，一串人们耳熟能详的响亮名字，已成为璀璨的星辰，闪耀于当代诗坛的上空。我因特殊的历史机缘，对这些身影大多是熟悉的，也时常感受到他们内在的诗性光辉。他们在大学校园中悄悄酿就文化的、艺术的基因，慢慢丰盈起来的飞翔于高处的灵魂，无论走得多远，我似乎都可以辨识出来。它们已化为血液，奔流于他们的身心之中，隐隐地决定着他们的个性气质和一路纵深的艺术之旅。

包临轩

2018 年 3 月 10 日

此诗选精选了一年来我在透析床上的作品

也许是这个世界最干净的诗

谨以此献给我这颗苟延残喘的肾

目录

开了关了

屋子里我看见了一叶微风
我问：风是怎样进来的？
一炷香残喘弱息告诉我：门开了！

屋子里我看见了一抹月光
我问：月光是怎样进来的？
一盏灯昏语梦呓告诉我：门开了！

屋子里我看见了一只小虫
我问：小虫是怎样进来的？
一张床娇呻媚吟告诉我：门开了！

屋子里我看见了一瓣残花
我问：花瓣是怎样进来的？
一杯茶涓音细响告诉我：门开了！

屋子里我看到了一个影子

我问：影子是怎样进来的？

一扇窗怅叹缝言告诉我：门开了！

屋子里我突然看到一片黑暗

我问：黑暗是怎样进来的？

一种声音妖哭鬼嗥告诉我：门关了！

2018 年 3 月 3 日

云要把天空埋葬

水　厌恶了尘嚣而又肮脏的大地
无处可逃　最后躲进了天空
也有人称为天堂

白日可以暖洋洋　夜里依然懒洋洋
天空　只有太阳、月亮和星光
偶尔还有风和大鸟在飞翔

天空　似乎没有诡诈
也没有人的浊气和城的泥塘
没有屈辱的台阶
更没有拘役的河道与堤坝
天空　美好得如同百合弥漫着芳香

水　于是悄悄地　让谁都发现不了

柔弱而又坚定地投奔天空
走进了那个梦的故乡

一群又一群难民越聚越多
在天空中组织成云　渐渐由白变黑
似乎要把整个天空埋葬

然而　云经受不了自己之重
向下坠落
要压碎几座城墙
接着一声霹雳　闪电把云撕得粉碎
大雨滂沱　水在苦难里潇潇怆怆

苦难永远都在轮回
水　哭着喊着又回到了大地　这一次
一定把大地冲洗干净　以身相殉
换来窗明花秀人清地朗

2018 年 1 月 2 日

活着让我微醉

山岗之巅　一抹阳光满天飘香
晚霞正荡灿然清丽的茶汤
一壶黄昏让我微醉

悲情之间　一缕叹息日夜长歌
苦难正吟无言可述的心声
一泪微笑让我微醉

雪原之上　一树梅花千里红遍
冰凌正透凝脂妖娆的媚影
一眸花羞让我微醉

生命之中　一路烟尘分秒奔腾
岁月正行此起彼伏的悲咒
一病老身让我微醉

活着就让我微醉

微醉里面我正朦朦胧胧

月亮的一泡尿撒上了一座石碑

我被浇醒　星光磷火如虫跳跃

在我面前歌唱：何不潇洒走一回

2018 年 2 月 8 日

燃起一炷香

燃起一炷香　袅袅飘摇
当肉体摆脱炉火化作青烟之后
奔走的正是这炷香的方向

燃起一炷香　天空就飞了起来
云朵离得很近
一群鸟儿在凌空翱翔

燃起一炷香　身体也飞了起来
灵魂离得很近
一片花香在漫野飘扬

燃起一炷香　会听到一缕歌
歌声醉酒却唱醒了今世
不绝于心　终日绕梁

燃起一炷香　会看到一条小路
小路蜿蜒却直接通向往生
幽径相连　两界通畅

燃起一炷香　一颗星星就在眼前
仅靠这一点星光
前世今生还是未来都不悲凉

2018 年 2 月 22 日

石头不眠

天空垂下夜幕　一切都睡了
城市的喧嚣也落了下来
落下一层薄薄的灯光微微透明

今朝　台阶上的一块石头
没有睡着　它不知自己是哪个阶级
践踏自己的皮鞋是否染病

石头望着天空的月亮
想看看嫦娥的足迹是否三寸
想看看那棵开满桂花的零乱树影

唐朝睡得更早
往往是在落日圆时就醉酒不醒
清朝不敢起得太晚

因为一条辫子理还乱　是聚愁离情

既然难眠　不如闭眼找一个好梦
梦中可以　重新雕刻成佛得意忘形

梦中　石缝长出一枝野菊
而现实　几粒老鼠屎竟是花种

不睡了　就横在现实面前
等待一只大脚把自己踩个粉碎
不再光滑如玉　而是遍体狰狞

等待一只手把自己捡起来再抛出去
寂静的夜空爆出响亮的一声

2018 年 1 月 6 日

红樱桃树

童年一棵红樱桃树下发生的事情
让我的游思怅望徘徊
含泪望着一片朦胧　痴痴发呆

那件诡异的事情
应该出自蒲松龄的聊斋
却是我记忆的一块石头爬行如龟
遍体青苔

一棵树是我童年的千山万水
树上的樱桃让我一生耿耿在怀

几滴老泪流入嘴角
心中充满青樱桃的青涩悲哀
几盏灯笼在门上高悬
天空闪耀着红樱桃的红光异彩

一棵樱桃树　　故事断红

红樱桃射穿一个女孩的肺叶

从流血的洞孔里蹦出几只蟋蟀

红樱桃的果仁有毒

有人误食之后精疲气竭

一声叹息震得花瓣呜呼哀哉

最诡异的那件事情

是把我锁在了一间鬼影老宅

红樱桃树下一声落井下石的水声

让我眼前的青青芳草渐渐衰败

2018 年 2 月 10 日

风之奴

一张纸飞上天空只能唯风是从
失去了方向　不知自己会落到哪里

从垃圾堆里挣扎出来
又成了风的奴隶
串街过巷　经常遇见流血的花瓣
翻山越岭　总会听到含泪的叹息

绵绵细雨被风肆意编织
一页纸的记忆回荡钢锯的狂噬之声
满山被风摇动的树也风声鹤唳

可悲的一页弱纸只能赎身于风
却自欺欺人说自己正在御风而行
一页风中之奴　始终任其摆布

飘向南北又飘向东西

某日　天出异象
愁颜渐浓　白云被风剪断了长翼
泪滴自天而降倾洒大地

一页柔柔的弱纸　遍体淋湿
坠落于一个墙角之下
有人拾起
在细密的字里行间看到了自由二字

2018 年 3 月 17 日

那一天

那一天　是一个什么样的日子？
全中国所有的碗张着大口
也说不清楚

那一天　装进了碗里
一只油光灿烂的红烧猪手扶着碗边
向我敬礼
立正！我也挺直了我的身躯

我流着口水　已经不知道什么是战斗
不知道一个吃货有没有灵魂
天下兴亡需不需要匹夫

总有敲门声　把天空　敲落水中
繁星漏网　明月踏浪　沉沉浮浮

碗里的猪手没有闲着
四处敲门是为了惊醒黄粱之梦
醒来！换了人间　肉香万缕

天一亮　就是那一天
那一天已经装满了一碗
还有一只翘然求醉的青瓷酒壶

那一天　一定要比这一天更加美好
那一天　风和日丽　山清水秀　花笑蝶舞
遗憾！我看不到了
但我断定那一天至少无毒

我在这一天做了一个那一天的梦
没有梦到香肉　也没有梦到粱粟
只梦到那一天装满了一碗
碗里游荡着一条小鱼

2018 年 1 月 16 日

暗器

藏在胸膛里的一块石头
在别人防不胜防的时候会抛出去
把他击倒

许多人不知道暗器来自何处
头破血流　跑进楼野荒城寻找敌人
敌人　正在身边微笑

藏在脑壳里的箭镞
十分凶险如蛇头　牙尖涂上了麻药
不断地发射出去
让一群人中毒
整个广场意乱如麻　人变成妖

诡诈难测　每一个人身上都有暗器

瞄准别人　自己也成了别人的目标

思想教育也在不断发射暗器
暗器乱飞　在太阳底下张牙舞爪

而释迦牟尼有一个美好的愿望
胸膛石头养成木鱼
脑壳里的箭镞养成蝌蚪
让人间鱼水同欢　蛙鸣莲香　明月高照

2018 年 1 月 20 日

把灵魂养成了一条小狗

一个女人静静地坐在天空下面
仔细聆听小狗在吠叫
声声追风
声声敲月

清风的箫声吹得花瓣飘落
月亮的铜锣敲得繁星闪烁

夜里　一个女人肉体的门缝微开
进进出出的是一群又一群
落花和月光依约的影子
还有喧嚣的冷漠

小狗　激荡的叫声
回荡在悠远的山水之间

也回荡在女人身体的每个角落

美丽的女人
把灵魂养成了一条小狗
一生守护着一片美丽的风景
守护肌肤每一束毛孔绒绒的花朵

含香的蕾在血流中漂浮
歌声在心里静悄悄地发酵
等待酿出一江春水澎湃扬波

而这一刻女人的肉体风清月朗
只有灵魂的吠声因寂静而辽阔

2018 年 2 月 1 日

发脾气

搅动一池碧水　把月亮搅碎
把云朵搅乱　让它们沉入水底

最终目的：为了捉住河豚
为了烹饪一道鲜美佳肴
让舌尖的山峰品味一轮明月
品味一桌云雾霞霓

要捉住河豚就要不停地搅浑池水
让河豚示威　惹河豚生气

河豚发了脾气　鼓起了肚子
脾气越大肚子越大
最后浮出水面　向天空亮出肚皮

人们轻而易举地捉住了河豚

无与伦比的味道

令舌尖的味蕾怒放含香

令食客们涎水悬瀑　心醉魂迷

入夜　霓虹辉煌的食街

鬼影憧憧响起警笛

有人中了河豚之毒一命呜呼

此刻……

天空中一尾弯月正在游弋

2018 年 1 月 25 日

关于苦难

柔软的肉体被鱼钩穿过
蚯蚓作为诱饵在水中挣扎着
涟漪展示出年轮渐大的苦难身影

神秘莫测的湖水
抱住夕阳　面若桃花一派春色风景
水底始终暗藏天空辽阔的杀机
湖里流淌鱼的泪水和哭声

大鱼吞噬小鱼　小鱼吃虾
水草在暗流涌动中腐烂　忧患余生

湖　是一片天空　可以飞翔？
还是一间禁锢森严玄机四伏的幽图
当一只小船悠悠掠过

总有一个大网在水下暗中横行

黄昏垂钓之际
一条老鱼看到了那条悬浮的蚯蚓
贸然吞下
水花慌乱溅起天空一片猩红

老鱼陷入了黑夜之中
因为看不到苦难　苦难就会降临
逃过一次次大网却躲不过一只小虫

2018 年 3 月 1 日

高喊一声

落叶遮盖一座大山所有的缝隙
不让石头露出声音
清泉把阳光拍得四处飞溅
水珠在天地之间沉沦

太静了！
蜘蛛网上的小虫挣扎在茫茫深处
蝴蝶翅膀消失了风的斑痕

一座大山醉卧
卧成了醉入酒底的一枕大梦
就连鼾声也无心呻吟

突然！蜿蜒的山路被人牵动起来
接着一声高喊

惊退了山峦　只见水中倒影清澈
不见乱足踏起的烟尘

漫山的石头也被惊醒　腾空而起
天空盘旋　魂牵梦绕的鸟群

一声高喊　旋起浩荡清风
喊出了一个单词
字正腔圆　令天朗气清
一座大山一跃而起　高歌猛进

2018 年 1 月 30 日

垃圾堆坟

我身体的肉齿轮咯吱咯吱蠕动
我是一部机器　制造垃圾的机器

六十多年我的垃圾堆积如山
一座山　形如坟丘的山
底下埋葬了谁？

我丢抛的塑料袋长成章鱼
挥舞比骨头还硬的肉在天空潜游
到夜的对岸拥抱太阳

太阳养育了成群的大爬虫
影子跟随着每一块石头娓娓不倦
我身上的污浊之物到处爬行

爬到黑夜……影子回巢　我成了
一条蛆虫　惨白肥硕拖着尾巴唱歌
歌声中　我又
制造着垃圾继续埋葬

那座坟丘的山埋葬了这个世界
其中有我
我把骨头也当作垃圾　丢了！
我成了一根无脊椎的肉条

如果有一天我可以破坟而出
不会是梁祝的蝴蝶　而是一只苍蝇 ①

2018 年 3 月 22 日

---

① 长着长尾巴的蛆是蝇的幼虫。

28

礼花血红

在沉默寡言的老天空里
一声炸响！我看到了我的身影

火团升空　射出午夜的阳光
碎屑落地　铺出黛玉哭行的花路
青烟缭绕　飘荡孤云寂寂发出的雁鸣

夜空让我不再寂静
月亮高歌盖不住礼花的笑声

笑声拂面
我感到千树万树梨花开满春风
在若明若暗之间
我看到大地天空一片血红

春雨只一滴就足以淹死寒冬
礼花砰的只一声就把老天空震醒

又是一声炸响
我从病床上一跃而起　呼啸着飞腾
夜的黑土地上绽放一朵鲜花
这个瞬间
就是我轻歌曼舞的一生

2018 年 2 月 18 日

透析新年

血液经过一年的净化
可以放射出我生命的光芒
太阳穿过云层坐上我的餐桌
心经　也在血液中泛红　溅起波浪

我躺在透析机旁血液流过眼前
一条小河漂满红色的花瓣
整个病房荡漾着芳香

春天来了
一个干净的春天把冬天平静安葬
悼念的泪滴晶莹剔透
桃花的笑声在墓地上绽放

肉体总会招惹尘埃

骨灰经过烈火的洗礼不再肮脏

爆竹声中　我血液的火焰
焚烧我体内污浊的垃圾　净化新年
戊戌狗年让我活得气清天朗

当我看到血液在眼前奔跑
我终于明白人不是为了活着而活着
人活着是为了死亡
我寻找的一方净土就在前方

今天的前方　传来狗叫声声
全中国人民都能听懂：那是旺！旺！

2018 年 2 月 15 日

透明

今天早晨一切透明
看街上的行人　衣襟荡漾海藻
看路边的树　花朵含着浮云
看角落里　蹲着一只猫

透明　让屋里喝苦咖啡的人群
欣赏车流的虹是一座桥
感叹风景这边独好

坐在大窗里面　看阳光灿烂
一扇大门也非常明亮
可以看到匆匆路人脸上的微笑

这个透明的早晨
有几只苍蝇茫然碰窗　嗡嗡哀叫

门里门外有两个熟人相见
情真意切急于拥抱

"砰"的一声巨响
透明玻璃炸开了几条裂纹
鲜血冒出辉映着人影的红色气泡

2018 年 3 月 24 日

我的灵魂迈大步

我的灵魂大步向前走
跨过了人群　跨过了躯体
一路唱着歌　直到遇见了桃花

一树的桃花　漫天的香气
淡淡地流淌　越过一道道篱笆

藤蔓缠绕爬行一只只小虫
爬到阔叶的边缘来到了海角天涯

泪滴就是那群小虫　把我蛀空
只剩下一点欢乐　我傻傻地微笑
长出了一片翠芽

我等待着含苞　吐蕾　落瓣　结果

也在等待春天微微一笑
笑出一个盛夏

灵魂大步向前走着
始终没有走出这个家园
篱笆上挂着几根随时爆裂的豆荚

我的灵魂大步奔走　告别了康桥
然后跨过污泽　跨过我的尸体
走过桃花就是菊花

2018 年 1 月 27 日

囚：一个心惊肉跳的汉字

我仔细端详这个汉字
看到一张口在吃人　而且不吐骨头

这样大的一张口啊
辽阔悠远但墙壁又在身边
迈开双腿才发现谁也走不出去

这张口的咀嚼并不洪亮
细细碎碎如起伏的山脉拖动锁链
这张口里的舌头诡异莫测
绵绵柔柔如吞吐日月的云彩

这不是一头野兽的口
这是文明史上的一个汉字没有牙齿
几千年的口臭却喷出了花香

囚！

这个汉字是中国人创造的

留给自己欣赏：多么简洁而形象

我心惊肉跳地看着这个汉字

我在里面走了一生

突然　觉得我不是人　该有多好！

2018 年 3 月 27 日

什么是为什么？

为什么　是一条小路
我沿着它走进了一间小屋

小屋里面什么都有
钟表的秒针分针时针走着圆步
时间是一头拉磨的毛驴

驴马交配　竟然生出了骡子
时间与空间交配　孕育了当下
当下是秃头和尚敲的一只木鱼

木鱼声声　竟是声声心跳
思念的木槌敲打着每一个人
人与人交配之后繁殖了一群孤独

我问遍十万个为什么：
孤独何物？
这时天空有一朵由白变黑的云
顷刻落下一阵蒙蒙细雨

我又发现　为什么　是一把小伞
举起它的时候天空变小
云在伞上切切细语

我走在小路上　举着小伞
聆听伞上雨滴哀泣的泪珠
走着走着
我在十万个为什么里面迷失了方向
我终于明白：为什么原来很苦！

2018 年 2 月 6 日

我有什么？

离死亡越近　属于我的东西就越少
那一间大房子也将不属于我了

房子里的风要为我送行
它挥起来的手臂我一直都没有看到
但它默默地说出了千言万语
身边各种气味在飘

唉！我越来越老
肉身的细胞一个个化成气泡
我坐在泡影里　面壁诵经絮絮叨叨

把云说成雨　我的世界越来越薄
破灭声传来初生婴儿的怦怦心跳

属于我的东西越来越少了
我的手表把我的时间剪得粉碎
我恨它！我决定要把它彻底丢掉

还有我的衣服　我在其中萎缩
我恨它们！让它们离开我远走高飞吧
在火焰中变成小鸟

我赤条精光　什么都不是我的
就连我也不再是我的了
忽然　些许欣慰随风中梨花飘来
还有死亡伴我同笑

还是一场荒诞：连死亡都没有了
我刚死不久又匆匆踏上轮回六道

2018 年 3 月 20 日

想去又去不了的地方

说好了　要去一个地方
说了一辈子想了一辈子还没动身

今天早晨
一只蝴蝶飞过窗口
我突然心动　决定想随着蝴蝶飞
千里之外有一朵含泪的白云

订好了机票　整理好了行装
然后呆呆望着天空　准备明天出发
一个地方　让我乱心销魂

晚上　电视突然发布新闻
我要去的地方被大水淹没
古镇沉入水底

一片美景名胜　消失得荡然无痕

我的机票一夜之间凋成一片枯叶
飞翔的翅膀落下一阵清风
吹得我散发披襟

我手执机票没有登机
回到家里我开始平静地等待一个人
有票为证：我去的地方
正是一个魂牵梦绕的古镇

2018 年 1 月 18 日

再无新坟

人死了　不再用土埋葬
谁愿意留在这片污浊的大地上

化作一缕青烟飞上天空
余下一撮骨灰撒入海洋
人间渐渐再无新坟
过去凸起的一个个土堆是陈年痤疮

夜里再看见鬼火跃动
是远去的灵魂又回到了故乡
在大街小巷里亮起了暗淡的灯光

如果人间还有一点留恋
就是落下的一片叶子
始终没有沉到那一滴眼泪的底部

还在随波逐浪

一个孩子问爷爷：什么是坟？
爷爷说：坟就是这颗心脏！
孩子又问：爷爷走了我到哪里看你
爷爷拍拍孩子的胸膛

人间将会再无新坟
一具具尸体在一滴滴泪水中沉浮
碑文铭刻于脑　死亡就是飞翔

2018 年 3 月 15 日

阴谋

一片树林不动声色
枝影中的残雪形如逃窜的老鼠
伺机藏于地下再蹿上天空

太阳泄露了桃花的秘密
早晨的一声醉吟流淌出娇红
夜宴星光盏盏
魔影之猫乱窜四处捕捉同床异梦

大街上表面平静
人群车辆行走得似乎流畅
谁都知道夜里发生了很多事情

人类们预谋的春天就要来了
春天会一声爆响

万紫千红的花朵跃上枝头

骨林魂枝之中藏满了日光月影

这场阴谋　生长漫山水果

此刻一刃锋尖上正立着一只蜻蜓

2018 年 2 月 27 日

群星闪烁其词

满天的繁光杂音里
我终于找到了那颗星星
它悬在窗棂的一角闪烁其词

我细细听遍了整个天空
依稀听清楚了关于死亡的解释
死亡是一次升腾
骑上烈火的红马再乘上一缕青烟
开始向深空奋蹄奔驰

于是　天空又多了一颗星星
我睫毛的黑夜又落下几颗泪滴

我一一数着星星用泪滴计数
北斗七星有我的兄弟

那颗北极星就是我的母亲
还有一颗星星是我大学的老师

我望苍天轻轻低叹
一阵悠悠扬扬的云中长笛
吹得我的身影在月下随风摇曳

我欲直上九霄
也要做一颗星星信步天空
熙熙攘攘的繁星群中我并不孤寂

太阳升起　窗棂上那颗星消失了
门口传来一阵狗吠人嘻

2018 年 2 月 3 日

一阵风

一阵风吹来　哀号一片
人群恍惚着到处游荡　尸臭满城
恐慌自杀的血污疯狂飞溅

一阵风铺开　垃圾一片
尘埃喧嚣着堆积污垢　鼠蝇挡道
英雄庄重的碑石开始腐烂

一阵风刮起　枯叶一片
树木凋零着枝叶腐断　萧瑟遍野
双手合十的香火点燃荒原

一阵风掠过　死鱼一片
污水煎熬着泥草浊败　恶臭染塘
自天而降的云朵坠入梦魇

这是一阵怎样的风啊?

只因为从一棵巨毒老树上经过

从此就疯疯癫癫

一棵老树的毒通过一阵风传播四方

人类怎么可能没有苦难!

2018 年 3 月 10 日

血脉绵延

怀揣着我的鲜血去看黄河
涛声响石　心跳咚咚红日擂起鼓声

我站立着就是喜马拉雅
青藏高原涌出一泓溪流直入大海
那是我的一线血脉
滔滔不尽

母亲与我脐断血连　寒衣暖灯
一腔鲜血铸就了同一血型
我唯有绵延行道
呼儿唤孙与我同醉万里风雨山河
共赏今夜良宵美景

日光之下有沾满尘土的风在随行

我发现世界萎缩成一只酒壶
我的血脉如杯中蛇影

我的血液经过中原同黄河一样
高高地变成一条地上悬河
乌云在河中气势汹汹

怀揣着我的鲜血不敢登山
我怕血管破堤　血红淹没了天空

2018 年 3 月 6 日

岭南乘雪

昨天黄昏　天　下起了雨
入夜我的梦里飘满了霏霏大雪
有几片雪落在了我的枕边

南方的天空有雪花的影子
风从北方远至　给我带来一声蔚蓝

春天的泪水太多
那些屋檐下的冰柱正滴滴答答
还有含泪的雪花缠缠绵绵

我的冬天在雪花上绽放
一瓣瓣乱哄哄挤进了我回忆的门槛
到了春天我仍然不信赖花朵
纷纷扬扬飘来梦幻

在北方踏雪远行　雪地发出吱吱哀叫
足迹留下一串虫卵
来到南方拈花听歌　听到的还是哀声
小城散尽一片绿烟

早晨　我枕上的水痕　扬起帆影
我一抬头　看到云朵是船太阳是岸

就在此刻　北方正下起大雪
我也飞舞起来
我是一只把天空踏得咚咚作响的鹰
苍冥因为我才辉煌灿烂

2018 年 2 月 24 日

军棋

一纸棋盘上的精心布局
竟然也是玄机四伏　兵刃硝烟

对面二人刚才还称兄道弟
对酒当歌　推心置腹
现在就明争暗斗厮杀方寸之盘

先玩翻棋
两军暗中列阵以后　再依次翻子
黑棋炸弹跃然红棋军长面前
一声爆响哀声号天

再玩明棋
布局之前一番诡计早已反复设好
亮棋　输赢初见分晓

也有高手可以力挽狂澜

随后　再玩一局暗棋
人心更不可测
身边的裁判伏藏诡异　窃窃匿笑
师长碰上排长也命丧黄泉

两人厮杀并不可怕
最可怕的是有一个裁判暗做手脚
高悬于红黑之间

这一刻　一盘棋正如梦似幻
裁判嘴里喷吐着烟雾四处弥漫

2018 年 1 月 23 日

春节集合

纸钱灰飞　蝴蝶的叫声吟月舞花
春节　冥然盛宴贪饕
一群人　饮潺潺年酒而醉
似哭又笑

焚香祷告　断藕的悲丝鸣弦奏歌
春节　悄然喧嚣嚎叫
一群鬼　乘袅袅青烟而至
手舞足蹈

人鬼在这个一年一度的节日里
可以拱手相邀
人在白色的脑浆里看到鬼影憧憧
鬼从红色的血浆里听到人笑滔滔

多么盛大的节日

伴随着声声的爆竹光芒闪耀
车水马龙让大路扬幡招魂白雪在飘

春节集合了一支鬼的队伍
衣锦还乡正茫茫然四处寻觅祖庙

人　成群结队跪地作揖燃纸焚香
让一叠纸钱铺向前方地府
一炷香烟直升云霄

2018 年 2 月 13 日

诗，是什么？

历史说：我要自由

可是　一条有节奏的铁链

始终伴随着历史的脚步奔走

铿锵的声音一直在天空中大笑

思想的钢铁竟有如此的重量

全世界都要俯首受命　然后肝胆相照

诗　神乎　其神！

在诗意面前　谁能逃掉？

春秋没有逃掉　唐宋更没有逃掉

在诗意面前　我们谁也逃不掉！

一腔鲜血已经染红了整个人类

一只小船也只能在大海里飘摇

诗让存在升腾起来　至高无上
诗意让生命活得无比美好
几行词句　就可以看到山那边的山
还有不动的风
就可以看到悲痛之外的欢乐
寂寞之中的喧嚣

这一刻
诗意当空　一轮太阳悬挂着　微微笑着
我逃不出阳光　暖暖的蓝天下面
一片皱纹生长出一池青苗

诗意早已染红我的五脏六腑
我也逃不出我自己！
刚才　我憋不住了　与一首小诗相邀
水声哗哗！我正在撒尿……

2018 年 1 月 13 日

剥皮者

这张皮涂满了黄色

红色的血在皮下奔腾咆哮

大群飞舞的细菌从头顶降落下来

模仿小鸟在这张皮上做巢

这是一张习惯献媚的皮

涂上阳光就会微笑

尽管血管里翻卷着愤怒的波涛

这是一张善于扯谎的皮

喷洒几滴香水

发臭的躯壳就会有灯光蠢蠢鼓噪

——这张皮不是我的！

——我不愿做披着狼皮的羊！

内心的呼喊叫醒了一群剥皮人
他们在心上磨刀

他们用锋利的刀尖剥自己
从头颅入刀剥开吱吱哀鸣的皮
接着一寸又一寸地向下剥
剥!
毫不犹豫地坚定地剥

剥开胸膛心在肋骨的铁窗里惊跳
有一刀太深　剖开了腹部
肝在愤怒燃烧的血泊中呼号

血水溅成大树伸展
一团团鲜血凝成花朵分外妖娆
火焰把灯罩烧毁
蜡烛赤条条地放射着光芒
剥皮者高高站立！一个个血葫芦
烁烁闪耀

剥下的这张皮挂在天空滴着血水

与晚霞浩浩辉映　迎风飘飘……

2017 年 7 月 18 日

边缘人

一管血滴连接成一条断断续续的线
……一条吞吞吐吐的线
一条隐隐约约的线……

一条连接生与死　天与地　白与黑的线
……边缘……边缘……边缘……

我的心脏站在边缘的软肋之上
每时每刻悬悬欲坠
迎面而来的是万丈深渊

一线边缘柔软得惊心动魄
拨弄它会骨软筋酥　胆战心寒

世界　这件破烂不堪的衣衫

有一条细细的拉链

某一天　一只手会把它轰然拉开

战争四溅

地球如落石之卵

我发现地球人都活在边缘

断断续续吞吞吐吐隐隐约约……残喘

呼出的气息

斑驳陆离痗然弥漫

2016 年 12 月 24 日

病猫

一只小猫　在我躯体某个角落
喵喵地嘶叫
把我的秋天叫得苍白
又把苍白叫得一片萧萧

我头上稀稀的白发　露出虎皮斑纹
飘荡着阿 Q 的嬉皮赖笑
而角落里的猫也发出虎啸

一只赶不走的猫只好养着
喂缠绵在月光里的鱼　再请来几只鼠
生活变得美好

我的祖国也在角落里开办学堂
让菊花怒放涂抹夕阳

让天空对大地更加依恋
让一抹晚霞诱惑东方一枚月亮

早晨弓起猫脊　天边飘着肺病的云彩
此刻角落里响起国歌
行礼！我的头钻进了一个纸盒
我向我的祖国学会了染发

2016 年 12 月 3 日

窗口那座山

窗口那座山不是坐着　而是躺着
望着他　我总是能听到隐隐鼾声

窗口那座山不是躺着　而是站着
望着他　我看到了一座墓碑的身影

窗口那座山不是站着　而是在奔跑
望着他　我知道那是一匹野马在奔腾

窗口那座山从来就没动过
而是一直在飘　望着他
我悟出云朵一直在做蝴蝶的梦

那座山太苍老了
老昏的树荫埋葬着我的祖宗

而每一棵树下

布满洞穴　卷席而居着各族小虫

那座山挡在我的面前

看不到远方　我的目光只能御风而行

峻岭一曲箫声悠扬

那座山不见了　我扪心凝神静听

那座山缩成一块石头响彻我的胸中

2017 年 11 月 4 日

蛋糕

那块蛋糕不能吃了
一块石头长了一层薄薄的绿苔
一间蜜甜的巢穴爬上了几只蟑螂

我把蛋糕放到盘子里
准备丢掉！
蟑螂怕成为盘中佳肴逃之夭夭
东窗传来消息　蛋糕涂了一层月光

有人来　我匆匆为他开门
然后又上了厕所
当我回到客厅　桌上的蛋糕没了
来人坐在沙发上肠胃正低吟浅唱

来人竖起大拇指说：蛋糕好吃！

如一处青山绿水　雾甜云香

此刻　我看到房间迷意缭绕
不知——道兮　才会吾将上下而求索
路漫漫其修远兮
坐在沙发上问路在何方

2017 年 11 月 2 日

粉碎机

一架机器在咯吱咯吱地转动
我在齿轮与纽带的缝隙中窥听
一块块石头苦苦哀鸣

不久　石头的粉末飘舞成团
一团团浮云包裹着受伤的东风
向西逃窜
不久便无影无踪

我的骨头也飘起了粉末
每走一步都撒下一片梨花雪白
远方的墙头还有一枝红杏

四季匆匆
日月是转动的齿轮

银河的纽带联结纷纭的繁星

地球这颗滚珠

在一个巨大的轴承上不停地运行

一架机器在咯吱咯吱地转动

我被粉碎了

我身边的一切也将被慢慢粉碎

雪片和雨滴纷纷扬扬

一块石头从来就不完整

我生来就是一块碎片

这架机器又把我磨成了一缕烟灰

让我飞扬起来

在天空结队飘飘……飘出一道彩虹

2017 年 8 月 8 日

古玩

两千多年的大风收藏了一句耳语
我用一生收藏了一件古玩

我常常可以嗅到秦朝龋齿的气味
常常可以听到孟姜女的哭声
我觉得自己怀抱燕山

因为一件古玩我发现有人注视我
藏好！
避开大路的目光　我萎缩成一团
把古玩揣在怀里沿小路行走
身后旋起秦汉的烽烟

儿子想看看这份遗产
我说那么绵延悠久的历史

岂是一个早晨就有资格抚摩把玩

有一天我在广场上聚精会神地听戏
突然有人叫我
一转身怀里那件古玩不见了
儿子捧在手里哈哈大笑
老爸　这块破砖不值一钱

那是某年　我登长城收集的古玩
长城的一块碎砖啊！
砖上还有温度
砖上的指纹舞动着丝丝火焰

此刻我听到了风中的耳语
是陈胜吴广的后代在手机上留言

2017 年 4 月 27 日

黑荒诞

有一个诗人说：黑夜给了我黑色的眼睛，我却用它寻找光明。

于是　人们都在传说
斧头板牙犀利　把人头咬掉
天空掉进一轮月亮
于是　黑色的眼睛惊恐万分
在黑夜里盲盲寻找灯光

月光照耀大地
月圆之夜总有几人未归
他们乘风千里躲进了远方
初夜弯月慢慢升起
一把刀咣啷一声鬼叫露出锋芒

命案在一盏灯下发生

灯火如豆　夜的黑土哺育它发芽生长

火焰飘摇人影

蝴蝶的翅膀扇动花瓣飞舞

灯下几本经典翻开新的篇章

书还没有读完　天地忽然一片漆黑

窗棂几点萤火

先烈墓园的几缕磷光

也闻风而至在瞳孔里低吟浅唱

早晨仍然残留夜的荒诞

猩红在山巅发出一阵阵巨响

天亮了　太阳升起来了

黑色的眼睛还在孜孜不倦地寻找

在阳光下寻找月光

在阳光下寻找灯光

2017 年 3 月 21 日

黑夜幽灵

黑夜在太阳升起那一刻死去了！
一枚月亮和一群星星都一同殉葬

接着红日拼杀得十分惨烈
白云不但没有擦干那一摊摊血浆
反而被染得鲜红
血腥的旗帜在山巅飘扬

新的一天款款到来　天空渐渐明亮
黑夜的幽灵无所不在地四处游荡

人类突然十分恐惧
影子飘飘忽忽　它们就是黑夜的幽灵
它们的繁衍滋生是因为有光

让人类欣喜无奈的光啊
因为摆脱不掉那个幽灵而惊慌

要把影子一网打尽
只有铺天盖地撒开无星无月黑夜的网
或者闭上眼睛
把影子关在里面泡一杯心灵茶汤

青青草地盘旋着飞机的影子
那是国家的幽灵让整个天空悲伤

墙的影子可以驱逐
当我们知道了自己的影子却摆脱不掉
人类哭了！
黑夜的幽灵竟如此猖狂

2017 年 4 月 15 日

湖岸思国

坐在岸边望着湖面
我看到水中的云朵纹丝不动
云朵十分怪异　包住了风的天空

我看到水中隐隐淡月如钩
而此时的太阳却辉煌得不见行踪

我看到水中有一竿垂钓的竹影
云端飘出悠扬软骨的笛声

我看到水中停泊一片枯叶
披着蓑衣的船夫竟是一只小虫

湖面太静了　我期待
湖面微微淡笑出现一丝涟漪

云朵能够轻轻皱眉挤出一丝轻风

湖面依然很静　什么也没有发生
我发现我正坐在空中
夕阳依然沉迷于早晨的梦境
云朵渐渐变红

我怀疑是我在流血　注视着水面
忽然有一个东西破水而出浪花翻腾
跃出水面的不是一条鱼
让我大吃一惊……

2017 年 10 月 28 日

换头术

活在　太平盛世
许多人身体的庭院仍然兵荒马乱
仍然患生所乎亲离众叛

肾衰竭了　移植
一颗蚕豆吐丝又可以躲病作茧
肝坏死了　移植
一团海绵饮醉又可以杯酒把欢
心烂掉了　移植
一只木鱼发声又可以敲奏问禅

不幸！头残破了　也能移植
在中国换头术已经成功
两人合一：身子不知姓孙还是姓钱
头是赵家的　那张脸还是赵家的脸

脚　跨进了新的年代
不用手术不用流血也可以换头
气球攒动　靠一线之力就会尾随不断

换了头的人们吹灭了烽火
欣慰：暂时做稳了奴隶的时代^②
活下去……
懒懒地晒着太阳等待晒出一缕青烟

2017 年 10 月 12 日

---

② 出自鲁迅杂文集《坟》。

活着不容易

泪水不知不觉奔涌而出
一声叹息飘飘而来　世界很冷

蜘蛛网上一片树叶悬于半空
墙角里一缕微风奄奄一息
皮鞋让一只蚂蚁因胆怯而抖动

我这双鞋是牛皮做的
我常常听到一头牛凄凉的哭声

哭声里　一只蚊子惊慌失措
一条狗夹着尾巴穿街过巷
一群褴褛的影子挣扎在光与黑之中

他们活得很不容易　此生只此一次

而死亡在诞生那一刻就已经发生

唉！我想放下一块石头
信步而行
可是心的重量让我气喘吁吁
还有黏稠的血液让我全身泥泞

我一看到盒子就想起骨灰
觉得活着太不容易
所以贪婪自私可以理解
所以全世界都在遥望星空然后做梦

梦醒！泪水不知不觉奔涌而出
一声叹息飘出我微笑的嘴角
我因为活着笑着而悲痛

2017 年 4 月 6 日

假发

镜子里面的世界幽深莫测
只是不可用手触摸
一个平面
看似生动实则冰凌般地冷漠

一个光头男人在镜子里左顾右盼
戴上假发套反复调整
然后微微一笑
让这一头假发生长得蓬蓬勃勃

假发油黑乌亮十分柔顺
正是这样一群光头人的现实生活
他们漫步盛世
在高贵与卑微之间步履如梭

一天，光头人的耳边传来赞叹
多美的一头黑发！
卖洗发水的女人向他微笑着
他迟疑了一下
而后他也笑笑从容地买了两瓶
这一刻他的心却如刀割

一头假发凸显他的面部非常怪异
嘴角伴随着心跳微微哆嗦

他依然耐心地仰望太阳
等待天黑和一个有蜘蛛的角落
到了那刻他把一瓶洗发水全部倒掉
双脚把空瓶子狠狠地踏破

他又疯狂地揪着头上的假发套
他要脱掉它，可是黑夜已经降临了
千万根假发张牙舞爪
已经生根扎进了他的脑壳

2017 年 7 月 15 日

见非见 ③

我遥望群山看到的是一个广场
群声鼎沸人头攒动
我在红旗下唱歌
看到的是一摊鲜血波浪汹涌

一座桥　让我看到了一匹野马
正在跨河而行
河床里的石头　让我看到的是头颅
浪花溅出带虹的幻梦

看餐桌上的一条鱼我见到了我
看一件脱掉的衣服我见到了我
看某人的一个转身我见到了我

---

③见非见：见者，谓种种舞戏相。非见者，谓涅槃理。又见者，谓世间果。非见者，谓菩提果。

我　飘忽不定　反复无形

那些种种见　是一幕幕荒诞的戏剧
独有非见　是一个真实的我
我成熟落地　乐果④　永生

我常在镜子里徘徊
镜子　我见的是一面镜子
却见到的是我的身影
镜子里的我一直憨憨地微笑
我断定那不是我
因为　此刻的我　内心里全是悲痛

咦！我那悲痛的声音　怎么会？
在群山的人群里舞动一阵阵春风

2017年6月6日

————————

④ 乐果：离一切之生灭，谓之乐，此妙乐为菩提所得，故日果。

91

花街柳巷

每个人心中都有一条花街柳巷
那里交配声声飞扬柳絮
那里的呻吟飘出花香

那里令人神驰心荡
苏小小一笑　阮籍病入膏肓
李师师殉情　宋徽宗涕泗横流
陈圆圆被辱　吴三桂怒溅血浆

那里悲欢　泪珠惨惨挂上笑脸
那里离合　分手依依永世不忘

那里是温柔之乡
温柔煲骨　让白骨熬一锅浓汤
温柔销魂　让灵魂不知去向

人生最凄美的一个当下在那里

那里还有一支

此岸驶向彼岸的雕花的木桨

一点污浊被红色覆盖

那里灯红　胭脂涂红一床朝阳

一点是非被绿色吹散

那里酒绿　情意舞绿满窗月光

花香燃灯　柳丝搭桥

那里在每一个人的心中曲径通幽

听　心跳踏出足音正穿街过巷

2017 年 5 月 11 日

关于眼泪的注释

哭声发出雷鸣接着泪雨滂沱
人类用如此方式演绎悲情

在悲剧的舞台上
泪水是一个不可缺少的角色
它一登场
人们就发现它是化了淡妆的鲜血
本质一片血红

正是！
泪水从血液中款款而出
带着一丝大海淡淡的悠远咸味
澎湃汹涌

远处又是一片哭声：

有人死去！
又一窗你中有我　我中有你的风景
又一场兔死狐悲的事件
在人间随处发生

为他人哭泣就是哭泣自己
满目泪滴让你看到了死亡的身影

心泵把泪水从灵魂深处抽上来
悲哀　有时还是欢乐
流进嘴角
让你品尝泪水浸泡的生命

关于泪水还有另一幕闹剧
某人泪水淙淙
别人以为又有人死去
他微笑了：是一颗沙粒御风而行
钻进了他的眼睛

2017 年 8 月 30 日

红日黑梦

梦这只咆哮的黑狗
把我一夜的甜美宁静吞噬了

早晨，我睡眼惺忪地起床
不经意地看了一眼
又一个血盆大口从东方向我扑来

我后退，退到了心灵里
再后退，一直退到了心灵的夜里
那里到处都是红色
红色的潮流汹涌澎湃

黄河在我的皮肤上漫流
一片土黄之上汗毛一片惊慌
随后又被鸡皮覆盖

成群的疙瘩沾着汗珠此起彼伏
如同丘坟含泪在荒原上怅望徘徊

太阳还在升腾
我竟然在奔跑中欢呼着做梦
这个红日黑梦在我的壳里孵化怪胎

太阳底下我的冰淇淋融化了
剩下一张纸包裹一架苍白的骨骸

我一直后退，退到了最后的角落
退到了莲花里
我听到了蝴蝶的喊声和愤慨
我在蛹壳里蠕动准备破茧飞舞而出
找一朵白云向大地默哀！

2017 年 7 月 8 日

见山还是山

披着一身绿毛在大地上奔跑
我远远看去它要跑进穹苍

它驮起太阳血光漫天遍地流淌
它又托起月亮四季响起冰霜

这头巨大的兽躲进我的眼睛里面
我瞳孔的杯中浸泡着几片绿叶
一缕缕思绪在我心头飘香

那一天我发现它已经不是山了
它在狂奔如疾风飞扬
黄叶席卷而起
溪流蒸腾天地间一片茫茫

每到深夜它伏卧在黑暗之中
随时准备跃起
我身边的灯光燃起它摇曳的梦影
它渴望火焰的鬃毛光芒万丈

昨日它气喘吁吁　突然站住
大地一阵颤抖我见到了一座大山
一轮太阳就站在我的肩上

2017 年 3 月 9 日

看花

一朵花看久了我身上飘出芳香

一朵花看久了我的衣襟飘扬春风
我的微笑飘荡着阳光

这一朵花春风得意　阳光灿烂
根须放出蜿蜒的闪电
沿着我的神经阔步走向四方

我站在这朵花前
发现淡黄色的花蕊孵化一只蜜蜂
翩翩的花瓣长成缤纷的蝴蝶
还有花枝乱颤拨动着我的思绪荡漾

这朵花怎么还不凋谢

梁祝的蝴蝶飞得太累已成落叶
林黛玉的哭声等得太久已经卸妆

而我此生看着一朵花
已经看得鱼目混珠　看得老眼苍茫
我只看到花瓣搅动漩涡
水声在我心里流淌

一朵花看久了会把自己渐渐遗忘

那一天　山长水远
隐约传来那一朵花的微微叹息
空气弥漫着淡淡的芳香
这时孩子惊叫：有人放屁了
此刻我正乘一叶花瓣飞桨九曲回肠

2017 年 4 月 11 日

哭我

我病重很久！依然在微笑里面徘徊
依然在药的烟气中闻着花香

但是总能听到隐约的哭声
哭声让我心烦意乱
那是几块石头在路上阻碍我的脚步

我能想象出来　我走了以后
你这个愁肠百转的女人是如何哭我
满地落花浸泡雨水
你咬着嘴唇揪着衣襟
泪水默默奔涌
哭声却在你的心里电闪雷鸣

多让我揪心啊！你应该欢笑才对
我的路没有走错是众生坦途
路的那端我并不寂寞

你应该以欢乐为我送行
用你颤抖的嘴唇说一声：一路走好！

我会回头向你挥手　然后望着你
我一直在用我的微笑擦你的眼泪
我要搬走路上的石头

亲爱的！不要为我哭了！
想想万里之外我们还有相聚的时候
你应该高兴才对
我先到那里为你焐热凄凉的被褥
再为你点亮一盏烛灯

亲爱的！擦干泪水！
看星空多么明亮！高兴起来！

到酒柜里拿出我最喜爱的庄子的缶

为我而歌吧!

那缶里装满了多么好喝的笑声

2017 年 4 月 25 日

来生做一朵白云

一个天空我望了六十多年
我羡慕白云超然自得多么悠闲

大雁　悲鸣长空南北穿梭
匆匆忙忙只为寻找一巢温暖
风　呼号四窜疲惫不堪
忙忙匆匆只为追逐一片尘烟

而白云悠悠坐在天空之上
一边饮茶一边细细品味大好河山
也只有如白云般俯视
才能抚摩天之清高地之致远
当烈日高照
白云又为众生撑起一把阳伞
如果花朵需要　白云会让自己融化

淅淅沥沥的笑声漫山灿烂

白云用高傲的姿态
脱掉了朝朝暮暮熙熙攘攘
穿上了一水田园
登上枝头就是一片碧绿
踏入江河就是一泓舒展的微澜

我痴痴地望着天空
平静地等待着我蒸发的那一天
来生我一定做一朵白云
享受坐在蓝天上品茶的诗意
御风赏雁
日月是我畅饮的杯盏

2017 年 7 月 11 日

联合起来

全世界的无产者　联合起来！
共产党宣言高呼着
一张张吃糠咽菜的嘴喷出烈火

无产者联合起来做什么呢？
无产者联合起来又能做什么！

用黑暗推翻一座金币装饰的大厦
用光明建设一个幽灵的巢穴
用怒吼高唱一曲国际歌

一百六十多年了　时至今日
无产者越来越少
每一个毛虫都拥有一片绿叶
每一条小河都有小船
每一位无产者都不用赤身渡河

时至今日
联合起来的不再是无产者了
互联网已经联合了全世界

南半球的月亮
可以在白天照耀着北半球
云朵在天空联合大地荡漾清波
小麦联合起来到处都是汉堡
每一缕鼻息联合起来了风影婆娑

全世界联合成了一家人
团聚在月亮的灯下普天同贺

贫瘠和暴力是无产者的鸟巢
冉冉从树上坠落
共产党宣言将诞生一声新的口号
全世界　联合起来！
消灭无产者！

2017 年 6 月 1 日

脸谱

京剧　在国民心中引吭高唱
心中的戏台　正上演了一幕幕惊剧
国粹让国人融会贯通

千年风云浓缩一台精华
脸谱把中国历史描绘得电闪雷鸣

千奇百怪的众生族群
缤纷闪耀　看　紫黄蓝金黑白绿红
忠奸善恶的雄才好汉
粉墨登场　看　坐蹲滚跑生旦丑净

中国脸谱竟如此曼妙
刚烈的男人转身成为柔弱的贵妃

张飞的黑面覆盖着嫩白的面孔
⋯⋯⋯⋯⋯

脸谱　真真假假虚虚实实
一场大戏从来就没有停演
天启大幕　地凸高台　金鼓齐鸣

国粹脸谱　已经炉火纯青
仅靠脸上绘画怎么顺应瞬息万变
于是川剧的变脸之速靡然如风

2017 年 11 月 21 日

梦游桃花源

我乘坐一只梦的小船蜿蜒而行
朦朦胧胧似乎行驶了一生

忽然遇到一群桃花
弥漫着云雾的香气惊世骇俗
笑声纷纷扬扬把天地染得酒绿灯红

我用低吟的歌声摇桨
起来！不愿做奴隶的人们……
歌声上岸进入一个辉煌的山洞
洞里没有老鼠
洞里四处飘拂着得意的春风

我走出山洞之后
看到一座城市富丽堂皇不见阴影

厕所里白玉马桶生长翠莲
宴席上黄金碗中荡漾宋嫂鱼羹

我问：这条鱼从哪里游来
有人微笑说：你来的那条小河
那条小河哇　水不太清！

我身边一个人拍拍我的肩膀：
你从哪里来？你是何方的妖精？

我在风和日丽里正要回答
突然一声清脆　大街上有汽车相撞
把我惊醒
惊出我一身的鸡皮疙瘩
我睁开眼睛还是黑夜
我恍惚引颈　发出了一声鸡鸣……

2017 年 12 月 14 日

菩提叶

看到菩提叶那刻

我才知道　心是薄薄一片

可以夹在万卷书里琅琅读经

菩提树下那堂课一直不会结束

高山流水凝心倾听

释迦牟尼让微风熟读铭记

然后在天地之间吟诵

滴水叶尖　始终悬挂着一滴露珠

晶莹剔透照见大千世界

但却垂垂欲滴随时坠落入空

又一滴露珠

从枯黄菩提纱的网状叶脉中漏出

我悟出人间不仅有生有死

还有！不死不生……

漏出的那一滴又染上了绿色

端坐在菩提叶上听课

直听到一片大水翩飞腾起长虹

我是个逃学的孩子

在死亡那里我总是迟到

没看完的书里夹上一叶菩提

释迦牟尼就会为我点亮一盏台灯

2017 年 11 月 14 日

梦兆

幸亏我醒了，不然
我做的那个梦别人怎么知道

我把那个梦说出来之后
人们大为恐慌
立刻收回晾晒的衣服望风而逃
逃到绿色的叶子上面
发现了腾格里沙漠长满青草

世界几乎没有末日
末日只是一只跳来跳去的跳蚤

瘙痒提醒人们还在活着
指甲搔背惊醒一场浮生之梦
起身窥视着墙上针如剪刀的钟表

时间的碎片散落一地

一本剪碎的日记正在哭闹

说自己没有留下"幸福"二字

偶尔有一点欢乐也是在梦中飘摇

我做的那个梦四处流传

一个美丽的女人听了

桃红面孔一夜布满蟾蜍的脓包

生长瓢虫花瓣的指甲轻轻地挠着

整个房间里

那场梦的皮屑四处飘飘

2017 年 10 月 19 日

前进，东坡肘子！

向前走　是大秦是大汉是大唐
转身　再向前是大元是大明是大清
是中国的今天

宋朝香气扑鼻
有一缕　是东坡肘子踏出的花香
花丛徘徊
东坡肘子　脚步声声五彩斑斓

有人跟随东坡肘子寻找李清照
然后沿着清照金莲的足迹走进猪栏
猪栏泥泞
东坡肘子的步伐传来马蹄嘶鸣
一曲《满江红》正在呜咽

让人民吃上东坡肘子　何等梦想

东坡肘子红光焕发

携一罐老酒走遍万里河山

当东坡肘子走进中国的厨房

糖放太多焦成苦味

八角让方向不再混乱

吃货们脸上泛出肘子的红光　举杯！

前进　东坡肘子

在猪栏中跨进 2017 年

2016 年 12 月 29 日

前世的蛛丝鼠迹

我的记忆　我的梦中
有许多事件今生从没有发生

但我隐隐约约记得
有一块石头击中我的头颅
鲜血溅到窗上整个房间一片殷红

我在朦朦胧胧的梦中
看到一匹被剥了皮的野马
一路奔跑　一条血水的河流汹涌奔腾

总有一些蛛丝鼠迹
一次次暗示我前世的蹉跎和峥嵘

我肩头和膝盖各有一块胎记

形如弹孔

前世　我也许是绿林好汉

杯酒荡漾着万顷烽烟咫尺剑影

我偶尔发出一声长啸

我的前世或是一条战獒巨犬

胸膛里卧伏着雷鸣般的狂吠之声

前世的风向我吹来

来生的脚步踏响我的躯壳

今日的生命正在击鼓鸣金烽烟正浓

每一次轮回都是一场战争

解脱才有和平

2017 年 11 月 23 日

染指

几根手指被染成黑色却找不到原因
在一缕灯光里冥思苦想
终于看到一个身影

手指被染黑
是因为心中一念点燃了一盏灯
点灯的那一刻疯狂地贪恋着光明
还是因为抚摩了一缕风

风　经过城市穿过一阵黑烟
烟里隐隐约约暗藏着大树的哭声

只有哭声可以染黑手指吗？
辱骂和愤怒也是黑色
而贪婪这根手指常常用来做笔

泼墨国画挥洒一幅良宵风景

地球被莫名其妙的手指轻轻拨动
真正的黑早已高悬于头顶

天空慢慢黑了　漫漫黑了
好大的一个黑啊！
蔽天匝地落下来伸手不见五指
窸窸窣窣
手指在一念之中蠢蠢蠕动

2017 年 5 月 2 日

人非人

我以人形在你的面前听法
我似人而非人

你让我听一声窗口　我是一轮明月
你让我看一眼羽毛　我是一只小鸟
你让我闻一朵莲花　我是一缕香气

我苍苍茫茫没有人形
即使走上街头我也是一双皮鞋
踏着我的那个人形如风

你端坐在我的上空
让我在一群无形面前更加无形
在幸福面前我是一声叹息
在快乐面前我是一缕苦笑

在贪婪面前我是一丝意念
在嫉妒面前我是一个眼神

在这一群无形之中
我模模糊糊虚虚幻幻朦朦胧胧
我的人形呢？不知逃到了哪里？

唯独当我面对苦难的时候
现出了我的人形
如同风　卷起海水是一条巨龙

苦难的一念让莲花开放
在污泥中我真实不虚
我以实实在在的形　在你的面前听法
听着听着我发出汪汪的叫声

汪汪！宇宙间一合相的一粒微尘
汪汪！人非人的一声佛号

2017 年 5 月 23 日

什么都不想

天空什么也没有
望着它　我什么都不想
什么都不想　真好！
我只是六字真言中的一个音节
我的翅膀竟是一片天空

天空什么也没有
而天空之下却纷乱杂籍千红万紫
就连一块石头也蠢蠢欲动

在什么也没有的天空下
我站在这里　没有从哪里来
也不想到哪里去　我周身透明

谁曾见过风可以不动

当我唱起大悲咒我就是不动的风

当一只鸟闯进我的天空
我发现月亮从来就没有圆缺
月如钩是我的错误　是我弯曲的心情

当一朵云飘上我的头顶
我才知道水要到天上闭关
雨如丝是我的挂碍是我的一道残虹

什么都不想　天空就会什么也没有
我的一缕青烟如歌飘向宇宙
永生　就是无影无踪

2017 年 11 月 28 日

天海之葬

我们把安放坟墓的土地省下来
种粮食种树木种鲜花种楼房……

那一群又一群腐烂的肉体
化作青烟在天空安葬
一团团云朵　堆成了坟冢
黑色或白色的鸟群在墓园里翱翔

鸟鸣撒下一撮撮骨灰
撒入大海
因为人类吃了太多的鱼
把自己再还给鱼　求得生灵的原谅

我们躲进了鱼腹
欢快的心情每天都翻着波浪

波光闪闪

海面上一丛丛笋尖破土而出

水土合一　人死以后无处不是故乡

死亡永远不会枯竭

天空和大海把我们安放得十分宽广

舒展开我们的肉体吧！

青烟和骨灰在天地之间飘香

望长空　那缕缕阳光从墓地飘来

听海　那柔和的月光在鱼群中歌唱

2017 年 5 月 9 日

头颅哪去了？

谁敢说你的头颅还在肩上？
它已经被天空掳走　行色匆匆

你仰望头颅　看到你的面孔
飘浮如一片薄云　没有表情没有内容

你的头颅在天空叹息　风尘飞扬
你的头颅在天空哭泣　雨雪飘零
你的头颅在天空思索　乌云翻腾

你的头颅是月亮　梦就在那里
里面的脑浆惨白而冰冷
你的头颅是太阳　思想也在那里
里面的血浆炽热而猩红

你头颅里智慧的沟回流淌出来
变成额头上的皱纹
你头颅里的记忆长出黑发长出白发
又被一茬茬割掉直到秃顶

每当广场红旗飘扬歌声灌满气球
你的头颅升起来　被天空掳走了
你的肩上空空

2017 年 3 月 4 日

往生

往生……
对死亡最美妙的注释
一只蛹死了　变成了飞舞的蝴蝶
在空中闪烁着斑斓

或者说：今生如死　来世是活
或者说：今生浊灯暗淡　来世金光灿烂

往生……向生的地方走去
我用风的脚步轻轻踏着咒语
溅起一片夜色
我在黑暗中爆发出烈焰

一场熊熊大火是生命的歌声和舞蹈
曲终舞落　便是涅槃

往生……向生的地方走去
临行之前　我点燃灯盏
给窗外顾盼的行人留下一点思念
我又在门口站了一会儿
然后告别小屋寂寞的炊烟
离开滴泪的屋檐

走吧……在往生的路上
菩提树的叶子快乐地飞舞
发出鸟鸣悠扬而委婉
还有莲花把香气拌进了月光
洒满淡而无味的空间

往生……让我迈开坚定的步伐
向着十方净土走去
在死亡那里我不会迟到
我会随着心锤敲响的钟声
背对人间挥挥手！渐渐走远……

2017 年 6 月 15 日

人无我 ⑤

我体　是一峰端坐的山峦
我体　是一股奔流的河水
当我乐山乐水的时候我便是我

我体　是一具梦中的行尸
我体　是一块尘里的走肉
当我厌人厌世的时候我不是我

住体那刻何以有我？
我体为五蕴假之和合
色、受、想、行、识让我转身不见
那山那水只存于瞬间
那尸那肉漫城便是　那个是我

---

⑤ 人无我：佛教术语。

133

那日我发现：自主自在之我为我

何处能有自主自在

自主自在　在无住无执之中

我体住的我本不是我

千山万水在空中绿了又黄

行尸走肉在山水之间香了又臭

我在这个空中蓦然回首　竟是人无我

2017 年 11 月 11 日

私念是灵魂的癌症

灵魂的痛比躯体的痛
还要难以忍受　还要疯狂万倍
灵魂的痛　犹如五雷轰顶

所以有人跳楼、上吊、割腕、自焚
把一具好端端的躯体化为灰烬

躯体的痛是一摊乌黑的血
还残留一点微冥
而灵魂的痛是一片漆黑
那种黑比灼烧的光芒还要狰狞

躯体的痛是躺在床上辗转反侧
而灵魂的痛是躯体倒悬
头颅浸泡在鼠咬虫蛀的污泥之中

灵魂因何而病？
私念，超级病毒　让灵魂患了癌症

灵魂病了　即使躯体消逝
天地间也难以消除一群鬼哭魔影
灵魂病了　悬在苍茫里面哀号
泪水搅动着月光
人间　历劫无极的寒冷

昼夜交替　四季转动
让灵魂通过心禅和神悟细细诊治
让灵魂慢慢康复　万缘俱净

割除掉！私念这个灵魂的恶性毒瘤
然后　化疗于内心的皓皓晴空
再把胸中的浊气都吐出来
灵魂怡然安居万里无云的躯体里
这一刻月朗风清

2017 年 12 月 30 日

睡莲入梦

月亮在中天坐禅
我熟悉的心经之声一片灿烂

月亮观照自己　静静地凝视着
一朵入梦的睡莲

莲藕也在梦里　我在梦的边缘
藕的鼾声吐出一串气泡
气泡读出金刚经一句偈言

世间万物都在修禅
我的心性在月光里朦胧可见

一条鱼顿悟　潜入泥中化身为藕
一只青蛙彻悟　跳出水面修成花瓣

那朵睡莲大悟了　也睡成了莲蓬
我还在渐悟中哭笑人间

大悟的莲蓬里面坐着一群小和尚
诵经之声莲香弥漫
莲香飘自于莲子的苦心
绿绿的苦没有泪水
一种淡淡的味道就是万里河山

睡莲依然做月光的禅梦
我身边的女人正是那朵睡莲
花瓣微微合拢　我在她的梦里闭关

2017 年 6 月 13 日

牧书人

书房是一片辽阔的牧场
书架上一群一群的书露出了脊梁

我想起风吹草低见牛羊
牧场的笛声在我心里婉转悠扬
一盏灯坚定地认为它是一弯月亮

骑上一匹烈马我去追求真理
红色鬃毛扬起一面旗帜
我这个战士终于挥起了一杆长枪

一支笔总想把敌人挑下战马
可敌人不在我的对面
却悄悄地躲进我洒满月光的心房

我发现牧场已不是战场

烟斗没有飘出硝烟而是花香

连书桌上一杯清茶

也成了朱熹天光云影的半亩方塘

汉字的方砖铺成一条小路

人们踽踽而行走向唐朝

杜甫的三吏三别蜿蜒九曲回肠

书籍的石块垒起一座小山

人们慌慌伛步走向共产主义

一个飘曳的幽灵一直在徘徊徨徨

我这一生都缠绵这片牧场

多么幸福啊！我可以将自己流放

一群一群书露出脊梁的情景

让我看到书房天高地阔

偶尔有些饥饿

让我觉得我是蜷缩的苏武正在牧羊

2017 年 10 月 10 日

那朵云一直在飘

二十八年前　枪声响过之后
天空喷出一轮太阳　那是一口血痰
一朵白云被溅得鲜红

从此　沾上鲜血的云朵一直在飘
一直在飘……一直在飘……
没有飘远没有落下更没有失踪

云朵把天空踏得咚咚作响
大地这块回音壁也滚动着雷声

溅血的云朵悬在头顶
活着的人说那是一片红高粱
死难者说那是一面盖尸的红旗
几行大雁在云里来回穿行

那朵云一直在飘
遇见了精卫鸟共同驾驭腥污的风

鲜血因为有了铁　愤怒的铁
时间一久就会变成黑色
搅拌着狗吠的黑色闪烁着晨星

那朵云变黑了一直在天空飘
每年清明总要泪水盈眶　释放彩虹

二十八年了
几味中药一直浸泡在那朵云里
因为荆野棘地依然有病

那朵云一直在飘　越来越重
黑云压城
城里的小窗亮起了灯光
等待着晚来的那朵云落日出的黎明

2017 年 6 月 3 日

前世月光

夜色慢慢变浅
莲叶飘出绿雾淡淡地弥漫
月亮的笑声在莲塘里朗朗荡漾

莲花的开合把我关进了病房
我在嘶嘶虫鸣中入梦
一把小提琴悬浮着在呻吟
针头在我的血管里窥望

这个黑夜正在为我煎一碟太阳蛋
我等待着天亮　去听
一杯咖啡搅拌母牛的哭声

我躺在夜里
一朵莲花燃起　烛光也在嘻嘻地笑

我的旧病正在含苞待放

忽然　一声蛙鸣叫出我前世的月光
李白曾怀疑那是地上的霜

病房就是我的故乡
这里住过我的母亲　住过我的兄弟
这里还有一座小桥款款漫步
在病床的两端徘徊彷徨

我静静地等待着黎明
莲花把我托起来接受莲蓬的沐浴
我沐浴朗朗的笑声
一身清爽踏上小桥走向远方

2017 年 8 月 10 日

144

时刻准备着

早晨　太阳升起的时候
我的心脏又一次极度紊乱
风吹树叶　上下飘忽左右旋转

我在身体的风里颤抖着
寻找方向！看到了
那里　光芒最多！我可以离开人间

在一片光尘纷纷的恍惚之中
我踏上一个台阶躺进医院
四壁惨白
我发现我的血似乎已经流干

一张人皮罩不住我了
我这只蛹虫要破壳而出

然后飞起来！扶摇而上纵横云天……

……耳旁　窸窸窣窣的声音
缠缠绵绵又把我拽了回来
眼前　闪耀着我熟悉的泪滴和笑脸

我还在人间体验地狱般的煎熬
还在痛苦中品尝丝丝酸甜

早晨　太阳脱掉了夜的黑衣
一跃东方　金光灿烂
看太阳升起　要想月亮落下
我的这张人皮会在长河落日圆时
化作大漠孤烟

每一天　看日出日落
时刻准备着为自己而奋斗终生
我无愧美丽！我欣赏我的昙花一现！

2017 年 7 月 6 日

锁的哲学

锁　咳嗽一声
世界就会发生变化
一些人的全部人生就会无可奈何

无可奈何之中可以读懂哲学
哲学的精髓就是一把锁
人类制作锁的同时又配了钥匙
某日锁很善良　那么钥匙就是罪恶

某日锁做了一件坏事
钥匙无比善良
开出一剂药方让锁一声咳嗽

锁　坐在门上　行走在铁链上
让人间善恶交替登场

芸芸众生的苦乐生死开开合合

想想吧！锁为什么又叫锁头？
拳拳人心　圆圆头颅
或被开启　或被锁住
历史的铁镣声声溅起水花云朵

锁　锁得住门窗　锁不住月光
锁得住远帆　锁不住风
锁得住干柴　锁不住火
何况还有哗啦啦的钥匙在唱歌

2017 年 7 月 1 日

微微笑

全世界都能读懂微微笑
全世界也都非常喜欢微微笑

嘴角微开　牙齿半露
旋出两个酒窝　或者折出几道小河
沉默！不发出任何声响微微笑

石头扒开黄土微微笑
花朵滴落露珠微微笑
春风伴随尘雾微微笑
山峰迎着朝阳微微笑
于是整个大地很亮很柔很自豪

愁苦喝杯小酒微微笑
悲伤忍住泪水微微笑

疑虑展开眉头微微笑

愤怒熄灭火焰微微笑

于是整个人间无忧无惧无烦恼

黑夜走来了　几盏灯光娓娓交谈着

把夜谈得越来越薄越透明

月亮微微笑过后太阳微微笑

生命诞生了　心肝肺肾楚楚照耀着

把人照得越来越老越睿智

疾病微微笑过后死亡微微笑

今年　春天来了桃花微微笑

联合国各种声音各色旗帜微微笑

今天　四月一日微微笑

愚人节的脸盘也都习以为常地微微笑

全世界已经学会了微微笑

全世界无可奈何花落去　只有微微笑

2017 年 4 月 1 日

天空一张纸在飞

天空有一张纸在飞
抬头望去　琅琅的读书声四处飘荡

一群孩子手放在额头上仰望
嘴里发出声音
如同知了在朗读一棵大树的课文

一个戴墨镜的人手指天空
那里忽忽悠悠飘着蔡伦的灵魂

一个老人低着头不停地说
那张纸沾湿了白云苦涩的海水
那张纸有一行小字
那张纸在为一棵大树哭泣

天空　那张纸在飞

纸上沾满了乌云屎尿的气息
整个天空因为一张纸而闪灼起来
人们借着日光的囊萤仰首阅读

天空一页又一页
有太阳有星月有云朵
住下有飞翔的翅膀和起舞的枯叶

不要忘记还有风有雨有雷电
而当前还有一张纸肆无忌惮地在飞

那张纸在风里打着旋
忽而高升忽而低垂忽而左忽而右
忽然一道闪电大雨瓢泼落花
那张纸颤颤微微落地了

落在腥风的脚下
纸上一行文字记载一个天大的秘密
一群人看后都口吐白沫浑身战栗

2017 年 4 月 22 日

未来

我终于明白了未来是什么
未来是现在的天光云影
未来是过去孵化月亮的映日荷塘

我在月光的岸上
一直期盼未来那只小船驶进码头
桨声为我踏出一路涟漪
摘下几朵浪花嗅出我的去向

未来散发的气味令人魂销兮兮
我童年的未来含苞吐萼
我中年的未来果红叶黄
到了老年　凄风萧萧不言而喻
未来就是死亡

所以　不要憧憬什么未来

听到了吗？！过去是一声哭泣

未来也将是泪洒黄泉

笑在哪里呢？笑在当下飘一缕清香

也不要再奢谈未来了

未来是太阳留下的一个身影

在荷塘里浮现一片月色　随风荡漾

如果说未来一片光明

那么　未来就是一炉火焰笑声朗朗

在一缕青烟袅袅升起之前

我的未来光芒万丈

2017 年 12 月 26 日

我的皮

终于　我发现我的皮不重要了
不过是一件紧身衣服
把我简单地包裹了一下

我要做个皮匠
重新规划这张皮子的用途
这张散发着肉味的皮竟然还挺光滑

汗毛茸茸地散发出大海的咸味
阳光又覆盖了一层金黄的薄纱

我的这张好皮子　尽管有些疤痕
却韧性十足又很柔软
切割掉一块制作皮包
可以把我一生的图纸都装在里边

再切割掉一块制成一双皮鞋
一路高歌
可以把卑微踩在脚下踏成碎片

最大的一块制作成一只人皮筏子
吹进我的灵魂　乘着它驶向彼岸

最后还剩一块边料制作成鼓面
擂动怯懦的鼓槌为自己助阵呐喊

终于　我可以剥掉这张人皮
用皮匠的茧手去切割缝制蓝天

我在血雾之中破皮升腾
一张沥干鲜血的皮子在天空高悬
那是一面猎猎征帆

2017 年 12 月 2 日

想飞

在大地上待久了都想飞
到天空中去看看是怎样一番景象
据说那里另有乾坤

一条小河想飞
静静地晒着太阳　翻动腰身
一缕又一缕
悄无声息地升上天空化作几朵白云

一片树叶想飞
悄悄地挣脱了大树　嬉戏微风
一次又一次
飞起又落下　最后躲进泥土里呻吟

一块钢铁想飞

满满地填充了燃料　窥伺火焰
一天又一天
从洞里出出进进等待着疯狂自焚

一个国家想飞
暖暖地枕着梦想　喜形于色
一夜又一夜
告别一枕黄粱在舌尖上迎接早晨

一个人想飞
慢慢地把玩衰老　捉弄霜鬓
一年又一年
终于乘着一缕青烟追赶自己的灵魂

飞　是万物本来的形态
飞的感觉真好　又是一种美妙的声音
飞起来了你会看到
万水千山只是一粒灰尘

2017 年 12 月 9 日

小船漂荡

他登上一艘小船就以为自由了
又戴上一顶草帽像白云一样悠扬

他感到辽阔就在眼前
天高水渺　一缕清风在水面上飞翔
长河是一条大路
手是双桨

然而不久
他发现路只是船上的五六平方
天空只是头上的一顶草帽
河水只是载着船无所顾忌地流淌

他恍然大悟：屈原为何弃船投水
只是为了做一朵自由的波浪

在河上奔走　岸不在两侧

只要向前

岸就在远方

远方浩瀚　浮动一片绿叶般的汪洋

他终于明白了

这只小船没有翅膀　只能在水中漂荡

人　身不由己因为人在船上

一艘小船装了几罐月光

月光又用自由酿出了一船的酒香

2017 年 7 月 25 日

小窗

一扇小窗始终没有关上
晨风进进出出　　桌上的书页舞动翅膀

一个相框一直挂在墙上
我日日夜夜聆听母亲的谆谆教诲
睫毛沾满星光　　满目微茫

我的母亲
把晨风叠好之后轻轻挂上那扇小窗
然后悄悄唤我起床
一轮太阳给我留下了满腔悲凉
后来　　母亲饮尽一杯冰冷的月光
径直走进了那个相框

夜里相框发出群山之声

母亲遗像的表情有时沉郁有时晴朗
桌上那杯冷茶依然让人热泪盈眶

窗口常常落下一只小鸟
相框上一朵纸花顽强地绽放

那扇小窗就是相框
相框里的笑容绿遍山山水水
小窗上一树枝影摇曳母亲的悲怆

我在相框下巡看河山万里
我在小窗前遥望母亲苍翠的遗像

我死后墙上不需要那个相框
我只需要蓝蓝的天空容我一缕轻烟
需要海水溶我一撮骨灰
我更需要一扇小窗
一扇能让灵魂进进出出的小窗

2017 年 4 月 13 日

一座叫梦的冰雕

让水站立起来　站立起来
不动！
又模仿石头的样子
做梦……

这座叫梦的冰雕在冬天诞生
天寒地冻的日子太阳越发地贫穷

万家灯火被镶嵌在冰里
晶莹剔透的温暖紧紧裹着鼾声
鼾声是梦的足音　簇拥着一群星星

夜在璀璨的路上昏昏沉沉
这时　有人在梦里大喊我睡不着觉
于是梦被雕成冰雕

冬的太阳让冰雕微微出汗
冬的月亮让冰雕阵阵发冷

梦里是春天的故事　讲述
冬天如何用刀杀出一片暖暖的风景
春意盎然是一碗翠绿的菜汤
是一份永恒的痴情

随人所愿！春天悄悄地来了
大棉袄里的鹅绒长出翅膀
大雁要捂暖天空

这座叫梦的冰雕慢慢地融了
骨骼的泪水浇不灭烈火般的疼痛

就在春天！这尊冰雕躺下一摊浊水
却留下了梦
站立着
那是一缕捉摸不透的风

2017 年 3 月 7 日

一朵云疯了

早晨，天空有一面旗帜。淡白
不知是为了一个什么节日而飘动

中午，天空有一叶征帆。浅灰
不知是为了哪个港口而航行

入夜，天空有一块抹布。深黑
不知是为了何等盛宴而擦拭晚风

是一朵云
随天而动由白变灰又变黑
变得心慌意乱，无所适从
俯视之躯把人间压得吱吱作响
黑越来越重……

这朵云渴望一道闪电把它撕裂

让碎片成宫殿之瓦覆顶那座古城

天空还是异常死寂

极度沉重的忧郁让它疯了

痴痴乱窜追逐着大地上的一个黑影

深夜，弯月的利刃割开夜幕

泻出一缕天光让它找到快乐之途

那就是重生

终于它哭泣着淅淅沥沥付之东流

一朵浪花在大海里奔腾

2017 年 3 月 11 日

移动

我靠在一堵墙上
感觉到墙在慢慢地慢慢移动
喜悦从我心里吹出风来
我决定收养那群影子

墙　这支砖的队伍
步履整齐　展示出气势雄壮的阵容

我身边的墙真的移动了吗？
向旷野走去与东西南北的墙会师
组合一道新的万里长城

我听到一声军令
万众如一的仪仗队原地立正
让蜘蛛在墙头上任意织网捕蚊诱蝶

让尘封开启印出鼠迹猫踪

我仍然觉得墙似乎在动
那群影子攘攘拥在一起取暖
墙角一条蛇伸着信子吐出丝丝微风

一团棉花标出一块砖头的硬度
一块月饼的月光流出思念的泪水
我感到墙里墙外一样冰冷

这堵墙从来就没有移动过
是脚下的影子在动　墙上的钟在动
我的心在动
还有一个小球滚来滚去
远处响起一片孩子们的笑声

2017 年 9 月 6 日

住无住处

心住何处即住？
写格律诗时唐朝不在我的身边
但我心住唐朝
思考民主时法兰西不在我的脚下
但我心住法兰西
渴望自由飞翔时我又没有翅膀
但我心住蓝天
所以住无住处即住！

何是住无住处？
我云游南北　家不是我的住处
只是睡上几夜
我染上疾患　病房不是我的住处
只是要躺上几周
我化作青烟　骨灰盒不是我的住处

一番轮回我又去他乡

所以不住一切处即是住无住处！

如何才能不住一切处？

恋上了一个人不一定要厮守终身

思过念过即可

喜欢一朵鲜花也不要折枝插瓶

看过嗅过即可

热爱活着更不可能长生不死

哭过笑过即可

所以不住一切处不住定亦不住不定

这个不住一切处即是住处也！

2017 年 7 月 13 日

月光药方

我在水一方　那一方是一池荷塘
荷塘里有我用不完的月光

夜晚我的躯体被月光涂得明朗
白日月光在我心中煲汤

我自童年就中了李白的毒
把天下的月光当成了冰冷的霜
只以为北方是我的故乡

举杯消愁的时候
总是把头一次又一次地转向北方
很累！
慢慢地嗅遍了病的花香

不知是李白让我染病
还是夜风让我受凉
荷花的开合把我关进了病房

于是病在荷塘
一方塘水用海的波涛洗濯污泥
用江河的眷念荡起涟漪
用荷的红焰把月光温得喜气洋洋

在我的荷塘之中
有暖暖的月光是我的药方
还有一张暖暖的病床是我的故乡

那一夜还是荷塘那片月光
把当下的一座小桥照得透亮
桥那端春天的岸上
不再是李白闪烁而是桃红荡漾

2017 年 5 月 27 日

用一滴泪水撞开湖面

你是一片湖面没有一丝头发
世界没有黑白
静水明镜
照万里青云　观一点尘埃

达摩面壁九年
用影子雕刻了一块石头
坐禅的身姿给嵩山披上青苔
你让我结识禅宗　还学会了发呆

我坐在岸边
荡一只小船动摇不了湖面
湖水披一件风的袈裟
把山峰和白云还有飞鸟藏入胸怀

你的湖面丝毫不动
用一朵莲花把蓝天孵化成大海

千法万相一如影子
湖面依然如盖
后来　我用一滴泪水撞开了湖面
这滴泪水既无喜悦又无悲哀

一滴叹佛
湖面涟漪微微似动非动似有非有
在众生心中却汹涌澎湃

2017 年 5 月 20 日

这棵树下

在这棵树下只能做南柯一梦
树枝闪动着光芒
树的叶子始终吱吱嘶叫

所有来到树下的人都想睡上一觉
美美地做梦！一生的幸福
到梦里寻找

可是　一梦醒来惊出一身冷汗
细细回味：刚才
柔声细语　软骨香魂　正金屋藏娇
忽然肌肤蜡黄钻出大群红蚁
身躯迅速靡散
整个房间眩光闪耀

这原来是一个烟头的辉煌

醒来又一个南柯一梦

吐出烟雾缕缕在月光下缭绕

在这棵树下

只能做这种南柯一梦

因为树的根须在蚂蚁洞里爬行

树头的叶子不停地鼓噪知了

知了　梦在这棵树上飘飘

知了　知了　人人知道

那个入梦做太守的人生在唐朝

2017 年 8 月 15 日

一生如一天

夕阳在天边看着我
我是一个经过扭曲又陷入苦难的人
我现在又一步步走向黑夜

全部的一生就是一天
早晨沐浴红日的血　践踏春色
正午我在烈日当空下飞舞
由一条脱水的鱼变成脱梦的蝴蝶

倦了　落在一座墓碑上
汉白玉的雕刻让我看到无数的尸体
他们又笑又哭嬉戏阴阳两界

我在这支队伍里行走数载
又从里面逃出来　隐入楼群的荒野

我一步步走进了黄昏
夕阳把我的身影放大得异常怪诞
让我感到了这一天充满惨烈

这一天我不知道我在哪里
只是有一个影子时刻尾随着我
我不动时
影子仍然伸展

黑暗笼罩下来
我仰望那片还储存点点星光的夜
影子不见了　跑进我的内心
告诉我它还有一个美好的名字
叫灭……

2017 年 12 月 21 日

有梦夜不空

昨夜我做了一个梦
一个浅浅的很淡很薄很柔的梦

醒来　脑海风平浪静
只记得一叶小船随海鸟飞走
海鸟变成一枝百合插在瓶中

梦中一声花瓣飘落
一个女人在梦中叫了一声我的名字
太阳渐红

我在窗前望霞光回想
那个女人是谁？面孔为何朦胧
因为泪流满面　因为梦里有风

梦是我拍摄的一部电影
蒙太奇连接了我的前缘今生来世
让我在梦里浏览人生

我想　那个女人为我哭过
梦中那点灯光就是泪滴　剔透晶莹
我要再回到梦中见她
宁愿长眠不醒

今夜她在我的梦中我在她的梦中
她的梦里飘雨我的梦里响起雷声

也许我还是看不清那个女人是谁
夜空太大装不满星星　梦依然
很浅很淡很薄很柔很朦胧
哦！有梦夜不空

2017 年 3 月 23 日

元宵花灯

今晚的灯笼称为花灯
今晚的花灯　挂在星空悬在心里

今晚　汤圆锅里弥漫的雾气
让花灯朦胧　人声鼎沸　鼓乐舞狮
让正月十五洋洋得意

汤圆的雾气弥漫成谜
谜又被花灯照亮　街巷星光熠熠

雾是谜的衣裳　人间烟火温暖人心
心在谜里　如水中明月可以同鱼嗟叹

谜可以令人体会灯谜三味
谜面桃红　笑正月春风习习

谜目推开一道缝隙　看阡陌纵横
谜底是一块麦芽糖　甜此生和来世

灯市人头攒动
有人在形而上学的雾中寻寻觅觅
有人满眼月光识破了人间东西

解了谜底那人忽又一脸困惑
放眼望去　有灯光的地方就有灯谜

2017 年 2 月 11 日
丁酉年正月十五

中秋月光

我在梦里梦外两界之间
关上又推开一扇亦晴亦阴的小窗
仰望亦哭亦笑的月亮

小窗上的一枝花影思念得很瘦
瘦得只剩下枯枝扶墙
花影里的遗忘飞舞得很薄
薄得只剩下几片蝴蝶的翅膀

梦境之外秋风卷起落叶纷纷扬扬
梦里　身边的人远方的人
活着的人死去的人
倏来忽往

此时我正在月光里抱病卧床

我不知道梦里梦外是否是同一轮月亮

梦里朗朗晴空小雨淅沥

梦外柔柔暖枕泪滴沧凉

用梦来填补思念　　用梦来追寻遗忘

醒来后的悲凉更是雪上加霜

梦里　　母亲把月饼塞进我的嘴里

说：吃了会见到嫦娥

醒来　　满屋的饼香起舞霓裳

我看到盘里的月饼真的缺了半边

梦里梦外中秋的月光正在流淌

2017 年 10 月 3 日

无言深不见底

你站在窗口送我出行
你还站在窗口迎接我回来

如果说我对这个世界还有留恋
是因为有那个窗口　那个窗口有你

你什么都不说只是望着我
你的瞳孔太深了
深得幽远浸泡着我飘忽的身影

我离去　又转回来悄悄看你
你仍然站在窗口
侧耳倾听我的脚步是否已经走远
我回来　想推门突然出现
你早就知道我回来了

站在窗口看着我渐渐走近

因为有你　无论窗口有没有灯光
山水都很明亮
因为有你　无论窗口多么狭小
人间也会十分辽阔

你在窗口一望　让我看到
尘埃平静　月亮热烈
太阳正披散着金毛铿锵舞狮

你凝视我　把我嵌入眼帘
让我在你的瞳孔里看山顶白云
看白云涌起浮雕
看长空这座碑墙刻满慈悲

一个让我留恋的窗口
你默默望着我把我藏进你的心里
你无法言喻的情感深不见底

2017 年 9 月 1 日

一滴水的轮回

从天上飘落下来
如同天落下来　辽阔而透彻
一滴水
注释一切　诉说过去未来和现在

一滴水踏着草地转世一滴奶
温柔的怀抱飘着朵朵乳白

一滴奶徘徊九曲回肠转世一滴血
闪耀着太阳的光芒汹涌澎湃

一滴血躲进豌豆荚转世一滴尿
带走那点毒让月色不再悲哀

一滴尿浸泡痛苦转世一滴泪

洗尽铅华云缝露出荷塘的光彩

一滴泪阅尽人间转世一缕雾
漫漫漂泊悠悠闲情却壮阔豪迈

一缕雾蒸腾而行转世一滴雨
云朵撑不住了淅淅沥沥飘落下来

雨声絮絮　说一滴水的轮回
地球转动发出车轮之声
粒子投胎声震寰宇爆发宇宙气概

世间万物都在周而复始地循环
一滴水
就是茫茫天空　就是浩瀚大海

2017 年 4 月 4 日　清明节

摇篮

一只大手控制着摇篮

晃动　不停地晃动制造阵阵微风

摇篮里咿咿呀呀发出老鼠的叫声

孩子以为是房子晃个不停

墙上铁窗怪影变幻

孩子以为是月亮不停地晃动

初期动荡孩子攥紧拳头

慢慢地摇出了梦　五彩斑斓奇异鬼怪

孩子在这些梦中半睡半醒

一直动荡孩子经常恐惧

如果没有那首哼哼入耳的摇篮曲

梦从何而来

如果没有那几条高悬的绳索

会坠入万丈深井

思想的奶瓶装满羔羊的奶水

空气覆盖下温柔的被子

孩子陷入这个特定专制的摇篮里

在梦中匍匐一路鼾声

一群小奴才就这样茁壮成长

一路哼着熟烂的摇篮曲随风而行

小奴才们满面媚色荡来荡去

奴才不会有岸　忽而向西忽而向东

大风起兮

飘飘摇摇荡得无影无踪

2017 年 7 月 22 日

吆喝声

癌　你这个小畜生！

给我滚出来……

一个病人不断地这样吆喝

大街小巷回荡着气喘吁吁的风声

左邻右舍都知道了

他是一只笼子

他肋条的铁窗关着一只小畜生

在喝他的血　吃他的肉

月亮一升一落都让他彻骨地疼痛

他大张旗鼓逢人就讲　这里长癌了

用手指着自己的胸膛

让里面的小畜生不得安宁

有人悄悄关闭自己不愿声张

把小畜生锁起来

哗哗啦啦的铁链声让自己彻夜难眠

目光盯着灯光追梦

他说：这种人

用无声的泪水把小畜生养肥

叹息的凝雾迷惑自己

最后只能悄无声息地黯然熄灯

所以　他每天早晨在太阳升起之前

先让自己一片光明

他说：活着必须弄出一堆声响

必须一路铿锵　必须笑出大风

不久　他的吆喝声酿出一街笑声

笑声的酒香四处弥漫缭绕

那只小畜生无影无踪

笑声！可以把小畜生赶跑

笑声在这个平和的人间就是炮声

2017 年 6 月 22 日

微信群里的死者

在手机的微信群里
我始终保留了一个死者的名字
我不忍心删除
每当点开他的微信我耳边就响起笑声

沾满酒气的笑声令我陶醉
桃花再没有凋谢　大雁再没有离开
江水中盘旋一个身影

他在微信圈里没有走远
上趟云南
说在云朵上找到了故乡
说岭南的酒香酿出了北方的风

他请释迦牟尼到微信圈里

把心灌满月光在餐桌上兑酒
直喝到泪水湿透了满脸的笑容

我躺在床上面对天花板
知道他已经死了
我一侧身换个姿势发现他还活着
他依然在微信圈里谈笑风生

微信圈是一围缠绵的酒席
可以叩响三生的门槛同享与共

想他了
点开微信看看他的灿烂
再听听他的笑声
把自己情不自禁的几滴泪水
抹一把　攥在手中
一松手
会有几只花瓣飞上明月皎皎的夜空

2017 年 9 月 28 日

宣判

我出生那天就被宣判了死刑
太阳的法槌敲击着天空

一声又一声　一直把天空敲黑
我躺在黑夜这个巨大的牢房之中
寻找残梦的碎渣
寻找能够闻到麦香的鼠洞

在云影里　铁窗的笼槛漏出星光
丢给我玻璃球般的点点光明

我明明知道没有任何可能
还想方设法为自己寻求赦免
让自己不死或者长生

听说释迦牟尼有灵丹妙药

我诵经、坐禅、闭关

可我身上落叶纷纷鬓发依然凋零

我试图找法官申辩：我是好人

应该得到好报应　该无忧无灾无病

而苦难始终如影随形

有一天苦难突然站到我的面前

告诉我他就是释迦牟尼

这个冥冥天空是灵魂的法庭

还告诉我要找的法官就是自己

这一刻　我感到庄严竟如此宁静

我四处寻找法槌

发现法槌就在我的胸膛

一颗心敲击着　溅出一片血红

2017 年 12 月 5 日

有一块石头是墓碑

一块石头从山上下来
站在那里指挥行人的方向
蜂拥而至的人群突然变得有序
彬彬有礼排队前往

人站在石头面前肃然起敬
太阳照耀着石头　血液的温度慢慢升高
然后蒸发　热泪盈眶

昨日铁锤凿石叮当之声在山谷回荡
石头絮语留下几处文字
光滑的石面一队黑红蚂蚁成行

于是石头心跳让湖水涟漪荡漾
石头哭泣让山溪潺潺流淌

198

石头微笑让花丛辉煌

石头的灵魂是一段碑文
有人不满这个世界　说还要回去
有人点燃墓志铭让烟雾飘香

人们想起武则天的石头没有文字
但是　只要石头站立起来
就如同鸟在飞翔

石头在天空高高飘起
风起云涌　石头的队伍多么威武雄壮

仰望长空　仰望万里群山
有一块石头是墓碑
它傲然挺立心头或者站在身旁

2017 年 3 月 30 日

樱花

在风的土壤里煌煌绽放
霞光一夜之间在树上大放光明

而那群鸟儿贪梦还没有睡醒
桃花太懒也迟迟不开
于是樱花绽放
樱花嘤嘤的鸟鸣滴落桃红

樱化嘤嘤是卖萌撒娇还是哭声
樱花嘤嘤细微柔弱惹人心动

樱花！不求结果　绽放就好
花即是果　果即是花
斑斓就是味道　辉煌就是平静

何用种子　折一根断枝插入大地
便会万粉千红　便是一部诗经
"嘤嘤其鸣矣　求其友声"

生命匆匆绽放就好
短暂七日　不求果甜　不求香浓
绽放就好！
嘤嘤之声染红千里春风
丰矣！足矣！绽放了大好心情

2017 年 2 月 4 日

一睡一醒

早晨醒来

我又是一个初生的婴儿

只是我的那一声啼哭

忘在了昨晚的灯下　留给了月亮

每天如此：昨夜昏昏死去

早晨又欣欣出生

母亲的那摊鲜血在天空流淌

我吮吸的母乳是一杯豆浆

一睡一醒让我经历轮回的过程

一次又一次我熟悉了生与死

睡去落下一片叶子

醒来一朵鲜花含露开放

入夜　星光是我的香火

早晨　一床锦霞是我的襁褓

然后一跃成人又穿上了旧日的衣裳

黑夜的天空布满梦的褶皱

一只虱子一丝不挂

让我发现了赤条条的月光

学会了天亮以后如何东躲西藏

一天又一天　今夜睡去明早醒来

醒醒睡睡生生死死反复跌宕

每一次轮回都是山水交替

每一次都要死得优雅活得高尚

我是月亮　我是太阳

2017 年 6 月 27 日

我驾驭不了我

我不知道
我是怎样奔腾出来的
一声啼哭溅起母亲的热血扬起马蹄

我生命的一路　马踏花香
总有蝴蝶飞舞　跟踪我的足迹

我想沿着我的思想奔走
或者在路边饮一杯青草的绿茶
或者优哉游哉在树荫里栖息

可惜我驾驭不了我
我是一匹信马由缰的马
柔软的缰绳控制了我的当下
方向让我不可抗拒地向东或者向西

我

摆脱不了一条道路挥起的鞭影

摆脱不了一条鞭影铺下的道路

摆脱不了一声吆喝递来的干草

摆脱不了一把干草发出的吆喝

美其名曰：顺其自然

那个自然力大无比名叫无可奈何

无可奈何让花落地由马践踏

于是尘埃飘起迷雾

马蹄踏出云朵

我最不愿意回去的地方越来越近

想慢一些都不行

我驾驭不了我

全人类都是这样

一群群信马由缰的马　奔腾千里

一路踏着旋转的地球

由无可奈何驾驭着渐渐消逝了

2017 年 6 月 10 日

天天如此

天天如此！此，是什么样子？
此，是一声叹息
叹息是什么？
微笑是花朵，叹息就是果子！

谁说每天都不一样！
昨天的鞋　穿的就是今天的脚
明天的镜子　照的还是今天的我

今天就是昨天　明天还是今天
天天如此！每天都有叹息！

大地叹息　叹出一阵清风
天空叹息　叹出一朵白云
宇宙叹息　叹出一轮红日

人也叹息　叹出泪滴　仍然装满叹息
叹息！天天如此……

天天如此！因为活着
只有到死的那天才能真正如彼
彼，是什么样子？

彼是果核中黑色的种子
又会生长出无穷无尽的叹息！

2017 年 11 月 7 日

突然

我发现有一种动物　它叫突然
它无形无影无声无踪到处乱窜

它常常躲在意料之外里面
一下子蹦了出来　耸立在我的眼前
它还会附着在人类身上
进行喜怒哀乐的即兴表演

我害怕突然
它用一阵电话铃声给我一个惊吓
牵肠挂肚的人竟然不辞而别了
让我抚黄土　痛心裂肝

我憎恨突然
它用一团硝烟告诉我发生了灾难

宁静的生活变得嘈杂尘嚣

让我望白云　肝肠寸断

我又期待突然

它用一条微信足以让我笑逐颜开

春风送来国色天香的笑声

让我赋小诗　酣畅人间

它是一个难以捉摸的动物

当下我的心脏正在闪烁其词地震颤

某一刻它又一下子蹦了出来

停跳！

让我悲喜交加还有哀怨

谁能摆脱掉这个诡秘莫测的动物

某一天它随时随地会不期而至

突然　又一个突然……

2017 年 12 月 16 日

年的背影

这个年啊　转过身去
我见你的身后旋起老树的浓荫
飘落夕阳的晨梦

一年一度　一次次分别
一次次让烟花大笑几声
说再见！撒下一地纸屑让黛玉葬花
让烟雾悬浮片片残红

几根蜡烛边流泪边唱歌
一炷香火漫不经意地送别寒冬

我爱你　三百六十天守着你
直到有一天火焰溜走了
剩下我的骨灰等待一阵飞扬的春风

春天是个缥缈的日子
春天的月亮已经照进正月的梦里
阴晴圆缺已经斟入我的杯中

我一饮而醉　喝了泪水
这个年啊！你转过身去不愿回头
转身的瞬间你泪流满面
留下哽咽的背影

2017 年 1 月 31 日

丁酉正月初四

笼子·魑魅魍魉

一只小鸟被动地活着
在笼子里忘记了自己还有翅膀

小鸟用耳朵凄然漫步草地
盼脚步声走近
等待主人过来放入笼里一撮鸟粮
小鸟慢慢把嗅觉磨得很细
只能在笼子里闻窗外的花香
小鸟伸长脖颈向天仰望
追逐白云也只有放飞目光

一只小鸟被动地活着
心惊肉跳就怕主人把自己遗忘

有一次水盅彻底干涸

主人在草原上飞　人间空空荡荡
笼子围起了灼烧的大漠
小鸟啼血
哭声飞出窗外　天空一片红光

一只小鸟被动地活着
翅膀垂下去了　羽毛渐渐失去光芒

整个房间一片黑暗
小鸟死了
这户人家的孩子哭得十分悲伤
人们看到了笼子的罪恶
搭建笼子的骨架是一群魑魅魍魉

孩子一直在哭
哀悼小鸟活着的时候不能自由飞翔
孩子说：不能飞翔就是死亡！

2017 年 7 月 29 日

瓶中玫瑰

早晨　我匆匆问候瓶中玫瑰
悔憾在推开的门上留下一条缝隙
蜜语在床上落下一抹墙灰

今天是一个特殊的日子
玫瑰似乎哭过　我知道为谁

一夜的步子滴滴答答
男人女人是一个方向的两条道路
并不平行
交点之后又要雁影分飞

今天的节日我和你走到交点之上
握分别的手　送折断的花枝

一枝玫瑰　雁鸣声声

俩人晴朗的天空荡漾一瓶碧水

彩虹正向太阳祭祀

海枯瓶不枯　瓶中有玫瑰

我赠玫瑰不为余香

只为那一份惭愧

只为瓶里有我的一瓣血红

只为水中有你的一滴眼泪

2017 年 2 月 14 日情人节

为女人节而歌

女人把自己敞开
让我出来　长大成人
畅游山水之间

女人把自己敞开
又让我进去　为人之父
品味天伦之甜

女人把自己敞开
把我揽入怀里　以情相许
缠绵生死之恋

敞开的小窗含最美的风景
微微桃红的暖风拂面
女人为我春意盎然

何等壮丽的女人

低头你是大地　抬头你是长天

我因你而依依留恋人间

2017 年 3 月 8 日

我在一滴眼泪中徘徊

泪滴里有一个巨大的影子
我看遍一生也不清楚

这颗泪滴碧浪万顷
有河的长度　湖的宽度　海的深度
一阵阵涛声拍击着我的胸膛

这颗泪滴波光荡漾
闪耀月亮的光　星星的光　灯火的光
还有心灵的光可以照耀太阳

所以这颗泪滴里的影子太巨大了
朦朦胧胧　无边无际　无形无象

我记不得什么时候落泪

也记不得为什么落泪

只记得泪滴落下的那一刻

我的心情乌云密布成一个阴雨天空

在这颗泪滴的巨大影子里徘徊

我要走遍我的一生

2017 年 6 月 8 日

悬浮哲学

我们在悬浮中活着　我们飘啊！飘
这种飘的感觉美妙而生动

太阳悬浮着　月亮悬浮着
云朵漫步在天空中踏着风
地球同样悬浮着
我们漫步在地球上踏着人生

我们的人生悬浮在哲学里
我们的心悬浮在一摊血泊中

于是我们的欢乐与忧伤悬浮着
我们的爱与思念悬浮着
我们是色　悬浮于佛陀的空

悬浮是我们的终结之处

我们不会落下　我们也不会高升

在天地之间生死之间悬浮着　活着！

我们称为生命

芸芸众生　攘攘大千

是一群颗粒舞动一群蝴蝶和一群蜜蜂

如若找谁　谁悬浮着不会失踪

一天我们的群里不知谁说：

哇　一颗心总算落了地

地悬浮着　一缕青烟悬浮着　飘啊！

唱着歌顺风而行……

2017 年 3 月 18 日

一站又一站

生　老　病　死　一站又一站
这是一列人类的豪华高铁
这是一个完美的过程

我在这个过程中行走
一路扬起了尘埃也架起一道彩虹

一路上我的车厢里装满喜怒哀乐
一路上我的车厢里装满甜酸苦涩
一站又一站走过生老病死
一站又一站走过春夏秋冬

生让人类喜而　　甜在春
老让人类怒而　　酸在夏
病让人类哀而　　苦在秋

死让人类乐而　涩在冬

还有周而复始　还有生死轮回
太阳和月亮就是生与死的两盏灯

我听到一声长鸣
列车启动了　又要驶向另一个车站
月台上我看到一个身影
欢呼着正在为我送行

一束舞动的鲜花抖落滴滴泪珠
那个身影是我　那束鲜花在我手中

2017 年 2 月 28 日

一只桃子怀念桃花

一只桃子怀念桃花
不想落入舌巢　游走于胃肠曲径
从高处跳下　坠落大地
为桃花殉情

闪烁的桃花早已慷慨如泥
整个三月十分壮烈
天空纷然垂幕　泥土弥漫香影

人间离不开桃花
昆曲袅绕　唱的全是桃花之声
桃花扇徐徐来风吹不干眼角泪痕
阴雨连绵的是亡国之痛

今日桃花红瓣拌泥

蚯蚓染上一身桃红去做诱饵

鱼群蜂拥上钩　弃之江水游于酒盅

桃花源的鸡犬已经千里相闻

桃花淡淡脂粉　涂人面笑容

桃子柔柔心跳　让人间手舞足蹈

桃子甜甜乳汁　哺育众生

大地永远奔腾不败桃花的气息

泥土飘不散桃花的笑声

一只桃子落地向桃花叩首

花粉飘来浩荡尘梦

一只桃子的硬核蠕动全身的皱纹

仰天长啸　破土而出

笑临那个季节

又一阵桃花迷雾把人间染红……

2017 年 6 月 17 日

中医

一个大病房静卧着一张大床
尸们，在床上交头接耳
用跳蚤传递情报

几千年的风一直不老
风中芦苇的白发飘飘入药

药香飘飘　飘出月光飘出云朵
群山也飘起来在空中悬壶
万众仰望
期待成仙或者成妖

扁鹊发出声声鸟叫
华佗的麻沸散呼唤坟冢跳跃
孙思邈的《千金要方》让唐朝更甜

李时珍的《本草纲目》纵观山河多娇

一个大病房静卧着一张大床
人们，在床上唉声叹气
经受生老病死的煎熬

中医让中国人延年益寿
在一床西医被子里精卵激情如潮
十三亿人民熙熙攘攘
一剂药方独领风骚

2017 年 5 月 25 日